Tucholsky Wagner Zola Scott Sydow Freud Schlegel
Turgenev Fonatne Wallace
Twain Walther von der Vogelweide Fouqué Friedrich II. von Preußen
Weber Freiligrath Frey
Fechner Fichte Weiße Rose von Fallersleben Kant Ernst Frommel
Richthofen
Hölderlin
Engels Fielding Eichendorff Tacitus Dumas
Fehrs Faber Flaubert
Eliasberg Ebner Eschenbach
Feuerbach Maximilian I. von Habsburg Fock Eliot Zweig
Ewald Vergil
Goethe Elisabeth von Österreich London
Mendelssohn Balzac Shakespeare Dostojewski Ganghofer
Trackl Lichtenberg Rathenau Doyle Gjellerup
Stevenson Hambruch
Mommsen Tolstoi Lenz Hanrieder Droste-Hülshoff
Dach Thoma von Arnim Hägele
Verne Hauff Humboldt
Karrillon Reuter Rousseau Hagen Hauptmann Gautier
Garschin
Damaschke Defoe Hebbel Baudelaire
Descartes
Hegel Kussmaul Herder
Wolfram von Eschenbach Schopenhauer Rilke George
Bronner Darwin Dickens Grimm Jerome
Melville Bebel Proust
Campe Horváth Aristoteles
Bismarck Vigny Voltaire Federer Herodot
Gengenbach Barlach Heine
Storm Casanova Tersteegen Grillparzer Georgy
Chamberlain Lessing Langbein Gilm
Brentano Gryphius
Strachwitz Claudius Schiller Lafontaine
Kralik Iffland Sokrates
Katharina II. von Rußland Bellamy Schilling
Gerstäcker Raabe Gibbon Tschechow
Löns Hesse Hoffmann Gogol Wilde Vulpius
Gleim
Luther Heym Hofmannsthal Klee Hölty Morgenstern
Roth Heyse Klopstock Goedicke
Luxemburg Puschkin Homer Kleist
La Roche Mörike
Machiavelli Horaz Musil
Navarra Aurel Musset Kierkegaard Kraft Kraus
Lamprecht Kind Kirchhoff Hugo Moltke
Nestroy Marie de France
Laotse Ipsen Liebknecht
Nietzsche Nansen
Marx Lassalle Gorki Klett Ringelnatz
von Ossietzky Leibniz
May vom Stein Lawrence Irving
Petalozzi Knigge
Platon Pückler Michelangelo Kafka
Sachs Poe Kock
Liebermann Korolenko
de Sade Praetorius Mistral Zetkin

Der Verlag tredition aus Hamburg veröffentlicht in der Reihe **TREDITION CLASSICS** Werke aus mehr als zwei Jahrtausenden. Diese waren zu einem Großteil vergriffen oder nur noch antiquarisch erhältlich.

Symbolfigur für **TREDITION CLASSICS** ist Johannes Gutenberg (1400 — 1468), der Erfinder des Buchdrucks mit Metalllettern und der Druckerpresse.

Mit der Buchreihe **TREDITION CLASSICS** verfolgt tredition das Ziel, tausende Klassiker der Weltliteratur verschiedener Sprachen wieder als gedruckte Bücher aufzulegen – und das weltweit!

Die Buchreihe dient zur Bewahrung der Literatur und Förderung der Kultur. Sie trägt so dazu bei, dass viele tausend Werke nicht in Vergessenheit geraten.

Brigitta

Adalbert Stifter

Impressum

Autor: Adalbert Stifter
Umschlagkonzept: toepferschumann, Berlin

Verlag: tradition GmbH, Hamburg
ISBN: 978-3-8424-1261-3
Printed in Germany

Ziel der TREDITION CLASSICS ist es, tausende deutsch- und
fremdsprachlge Klassiker wieder in Buchform verfügbar zu
machen. Die Werke wurden eingescannt und digitalisiert. Dadurch
können etwaige Fehler nicht komplett ausgeschlossen werden.
Unsere Kooperationspartner und wir von tredition versuchen, die
Werke bestmöglich zu bearbeiten. Sollten Sie trotzdem einen Fehler
finden, bitten wir diesen zu entschuldigen. Die Rechtschreibung der
Originalausgabe wurde unverändert übernommen. Daher können
sich hinsichtlich der Schreibweise Widersprüche zu der heutigen
Rechtschreibung ergeben.

Adalbert Stifter

Brigitta

1843

1. Steppenwanderung

Es gibt oft Dinge und Beziehungen in dem menschlichen Leben, die uns nicht sogleich klar sind, und deren Grund wir nicht in Schnelligkeit hervor zu ziehen vermögen. Sie wirken dann meistens mit einem gewissen schönen und sanften Reize des Geheimnißvollen auf unsere Seele. In dem Angesichte eines Häßlichen ist für uns oft eine innere Schönheit, die wir nicht auf der Stelle von seinem Werthe herzuleiten vermögen, während uns oft die Züge eines andern kalt und leer sind, von denen alle sagen, daß sie die größte Schönheit besitzen. Eben so fühlen wir uns manchmal zu einem hingezogen, den wir eigentlich gar nicht kennen, es gefallen uns seine Bewegungen, es gefällt uns seine Art, wir trauern, wenn er uns verlassen hat, und haben eine gewisse Sehnsucht, ja eine Liebe zu ihm, wenn wir oft noch in späteren Jahren seiner gedenken: während wir mit einem Andern, dessen Werth in vielen Thaten vor uns liegt, nicht ins Reine kommen können, wenn wir auch Jahre lang mit ihm umgegangen sind. Daß zuletzt sittliche Gründe vorhanden sind, die das Herz heraus fühlt, ist kein Zweifel, allein wir können sie nicht immer mit der Wage des Bewußtseins und der Rechnung hervor heben, und anschauen. Die Seelenkunde hat manches beleuchtet und erklärt, aber vieles ist ihr dunkel und in großer Entfernung geblieben. Wir glauben daher, daß es nicht zu viel ist, wenn wir sagen, es sei für uns noch ein heiterer unermeßlicher Abgrund, in dem Gott und die Geister wandeln. Die Seele in Augenblicken der Ent zückung überfliegt ihn oft, die Dichtkunst in kindlicher Unbewußtheit lüftet ihn zuweilen; aber die Wissenschaft mit ihrem Hammer und Richtscheite steht häufig erst an dem Rande,

und mag in vielen Fällen noch gar nicht einmal Hand angelegt haben.

Zu diesen Bemerkungen bin ich durch eine Begebenheit veranlaßt worden, die ich einmal in sehr jungen Jahren auf dem Gute eines alten Majors erlebte, da ich noch eine sehr große Wanderlust hatte, die mich bald hier bald dort ein Stück in die Welt hinein trieb, weil ich noch weiß Gott was zu erleben und zu erforschen verhoffte.

Ich hatte den Major auf einer Reise kennen gelernt, und schon damals lud er mich wiederholt ein, ihn einmal in seiner Heimat zu besuchen. Allein ich hielt dies für eine bloße Redeformel und Artigkeit, wie Reisende wohl oft zu wechseln pflegen, und hätte der Sache wahrscheinlich keine weitere Folge gegeben, wenn nicht im zweiten Jahre unserer Trennung ein Brief von ihm gekommen wäre, in welchem er sich angelegentlich um mein Befinden erkundigte, und zuletzt wieder die alte Bitte hinzu fügte, doch einmal zu ihm zu kommen, und einen Sommer, ein Jahr, oder fünf oder zehn Jahre bei ihm zuzubringen, wie es mir gefällig wäre; denn er sei jetzt endlich gesonnen, auf einem einzigen winzigen Punkte dieser Erdkugel kleben zu bleiben, und kein anderes Stäubchen mehr auf seinen Fuß gelangen zu lassen, als das der Heimat, in welcher er nunmehr ein Ziel gefunden habe, das er sonst vergeblich auf der ganzen Welt gesucht hatte.

Da es nun eben Frühling war, da ich neugierig war, sein Ziel kennen zu lernen, da ich eben nicht wußte, wo ich hin reisen sollte: beschloß ich, seiner Bitte nachzugeben und seiner Einladung zu folgen.

Er hatte sein Gut im östlichen Ungarn – zwei Tage schlug ich mich mit Plänen herum, wie ich die Reise am geschicktesten machen sollte, am dritten Tage saß ich im Postwagen, und rollte nach Osten, während ich mich, da ich das Land nie gesehen hatte, bereits mit Bildern von Haiden und Wäldern trug – und am achten wandelte ich bereits auf einer Pußta, so prachtvoll und öde, als sie nur immer Ungarn aufzuweisen haben mag.

Anfangs war meine ganze Seele von der Größe des Bildes gefaßt: wie die endlose Luft um mich schmeichelte, wie die Steppe duftete, und ein Glanz der Einsamkeit überall und allüberall hinaus webte: – aber wie das morgen wieder so wurde, übermorgen wieder – immer

gar nichts, als der feine Ring, in dem sich Himmel und Erde küßten, gewöhnte sich der Geist daran, das Auge begann zu erliegen, und von dem Nichts so übersättigt zu werden, als hätte es Massen von Stoff auf sich geladen – es kehrte in sich zurück, und wie die Sonnenstrahlen spielten, die Gräser glänzten, zogen verschiedene einsame Gedanken durch die Seele, alte Erinnerungen kamen wimmelnd über die Haide, und darunter war auch das Bild des Mannes, zu dem ich eben auf der Wanderung war – ich griff es gerne auf, und in der Oede hatte ich Zeit genug, alle Züge, die ich von ihm erfahren hatte, in meinem Gedächtnisse zusammen zu suchen, und ihnen neue Frische zu geben.

In Unteritalien, beinahe in einer eben so feierlichen Oede, wie die war, durch die ich heute wandelte, hatte ich ihn zum ersten Male gesehen. Er war damals in allen Gesellschaften gefeiert, und obwohl schon fast fünfzig Jahre alt, doch noch das Ziel von manchen schönen Augen; denn nie hat man einen Mann gesehen, dessen Bau und Antlitz schöner genannt werden konnte, noch einen, der dieses Aeußere edler zu tragen verstand. Ich möchte sagen, es war eine sanfte Hoheit, die um alle seine Bewegungen floß, so einfach und siegend, daß er mehr als einmal auch Männer bethörte. Auf Frauenherzen aber, ging die Sage, soll er einst wahrhaft sinnverwirrend gewirkt haben. Man trug sich mit Geschichten von Siegen und Eroberungen, die er gemacht haben soll, und die wunderbar genug waren. Aber ein Fehler, sagte man, hänge ihm an, der ihn erst recht gefährlich mache; nämlich, es sei noch niemanden, selbst der größten Schönheit, die diese Erde trage, nicht, gelungen, ihn länger zu fesseln, als es ihm eben beliebte. Mit aller Lieblichkeit, die ihm jedes Herz gewann und das der Erkornen mit siegreicher Wonne füllte, benahm er sich bis zu Ende, dann nahm er Abschied, machte eine Reise, und kam nicht wieder. – Aber dieser Fehler, statt sie abzuschrecken, gewann ihm die Weiber nur noch mehr, und manche rasche Südländerin mochte glühen, ihr Herz und ihr Glück, sobald als nur immer möglich, an seine Brust zu werfen. Auch reizte es sehr, daß man nicht wußte, woher er sei, und welche Stellung er unter den Menschen einnehme. Obwohl sie sagten, daß die Grazien um seinen Mund spielen, setzten sie doch hinzu, daß auf seiner Stirne eine Art Trauer wohne, die der Zeiger einer bedeutenden Vergangenheit sei – aber das war am Ende das Lockendste, daß

niemand diese Vergangenheit wußte. Er soll in Staatsbegebenheiten verwickelt gewesen sein, er soll sich unglücklich vermählt, er soll seinen Bruder erschossen haben – und was dieser Dinge mehr waren. Das aber wußten alle, daß er sich jetzt sehr stark mit Wissenschaften beschäftigte.

Ich hatte schon sehr viel von ihm gehört, und erkannte ihn augenblicklich, als ich ihn einmal auf dem Vesuve Steine herab schlagen, und dann zu dem neuen Krater hinzu gehen, und freundlich auf das blaue Ringeln des Rauches schauen sah, der noch sparsam aus der Oeffnung und aus den Ritzen quoll. Ich ging über die gelb glänzenden Knollen zu ihm hin und redete ihn an. Er antwortete gerne, und ein Wort gab das andere. Wirklich war damals eine furchtbar zerworfene dunkle Oede um uns, die so schroffer wurde, als der unsäglich anmuthige tiefblaue Südhimmel gerade über ihr stand, zu dem die Rauchwölkchen traulich seitwärts zogen. Wir sprachen damals lange mit einander, gingen dann aber jeder allein von dem Berge.

Später fand sich wieder Gelegenheit, daß wir zusammen kamen, wir besuchten uns dann öfter, und waren endlich bis zu meiner Heimreise fast unzertrennt bei einander. Ich fand, daß er an den Wirkungen, die sein Aeußeres machen sollte, ziemlich unschuldig war. Aus seinem Innern brach oft so etwas Ursprüngliches und Anfangsmäßiges, gleichsam als hätte er sich, obwohl er schon gegen die fünfzig Jahre ging, seine Seele bis jetzt aufgehoben, weil sie das Rechte nicht hatte finden können. Dabei erkannte ich, als ich länger mit ihm umging, daß diese Seele das Glühendste und Dichterischste sei, was mir bis dahin vorgekommen ist, daher es auch kommen mochte, daß sie das Kindliche, Unbewußte, Einfache, Einsame, ja oft Einfältige an sich hatte. Er war sich dieser Gaben nicht bewußt, und sagte in Natürlichkeit die schönsten Worte, die ich je aus einem Munde gehört habe, und nie in meinem Leben, selbst später nicht, als ich Gelegenheit hatte, mit Dichtern und Künstlern umzugehen, habe ich einen so empfindlichen Schönheitssinn angetroffen, der durch Ungestalt und Rohheit bis zur Ungeduld gereizt werden konnte, als an ihm. Diese unbewußten Gaben mochten es auch sein, die ihm alle Herzen des andern Geschlechtes zufliegen machten, weil dieses Spielen und Glänzen an Männern in vorgerückten Jahren gar so selten ist. Eben daher mochte es auch kommen, daß er mit mir als einem ganz jungen Menschen so gerne umging, so wie ich meinerseits in jenen Zeiten eigentlich auch noch nicht recht diese Dinge zu würdigen vermochte, und mir dieselben erst recht einleuchtend wurden, da ich älter war, und daran ging, die Erzählung seines Lebens zusammen zu stellen. Wie weit es mit seinem sagenhaften Glücke bei Weibern ging, habe ich nie erfahren können, da er niemals über diese Dinge sprach, und sich auch nie Gelegenheit zu Beobachtungen vorfand. Von jener Trauer, die auf seiner Stirne sitzen sollte, konnte ich ebenfalls nichts wahrnehmen, so wie ich auch von seinen früheren Schicksalen damals nichts erfuhr, als daß er einst beständige Reisen gemacht habe, jetzt aber schon Jahre lang in Neapel sei, und Lava und Alterthümer sammle. Daß er in Ungarn Besitzungen habe, erzählte er mir selber, und lud mich, wie ich oben sagte, wiederholt dahin ein.

Wir lebten ziemlich lange neben einander, und trennten uns zuletzt, da ich fort ging, nicht ohne Theilnahme. Aber mancherlei Gestalten von Ländern und Menschen drangen nachher noch durch

mein Gedächtniß, so daß es mir endlich nicht im Traume beigekommen wäre, daß ich einmal auf einer ungarischen Haide zu diesem Manne unterwegs sein würde, wie ich es nun wirklich war. Ich malte mir sein Bild in Gedanken immer mehr aus, und senkte mich so hinein, daß ich oft Mühe hatte, nicht zu glauben, ich sei in Italien; denn so heiß, so schweigsam war es auf der Ebene, auf der ich wandelte, wie dort, und die blaue Dunstschichte der Ferne spiegelte sich mir zum Trugbilde der pomptinischen Sümpfe.

Ich ging aber doch nicht in gerader Richtung auf das mir in dem Briefe bezeichnete Gut des Majors los, sondern ich machte mehrere Kreuz- und Querzüge, um mir das Land zu besehen. So wie mir das Bild desselben früher immer meines Freundes wegen mit Italien zusammen geflossen war, so webte es sich nun immer mehr und immer eigenthümlicher als Selbstständiges und Ganzes heraus. Ich war über hundert Bächlein, Bäche und Flüsse gegangen, ich hatte oft bei Hirten und ihren zottigen Hunden geschlafen, ich hatte aus jenen einsamen Haidebrunnen getrunken, die mit dem furchtbar hohen Stangenwinkel zum Himmel sehen, und ich hatte unter manchem tief herabgehenden Rohrdache gegessen – dort lehnte der Sackpfeifer, dort flog der schnelle Fuhrmann über die Haide, dort glänzte der weiße Mantel des Roßhirten – – oft dachte ich mir, wie denn mein Freund in diesem Lande aussehen werde; denn ich hatte ihn nur in Gesellschaft gesehen, und in dem Getriebe, wo sich alle Menschen, wie die Bachkiesel gleichen. Dort war er im Aeußern der glatte feine Mann gewesen – hier aber war alles anders, und oft, wenn ich ganze Tage nichts sah, als das ferne röthlich blaue Dämmern der Steppe und die tausend kleinen weißen Punkte darinnen, die Rinder des Landes, wenn zu meinen Füßen die tiefschwarze Erde war, und so viel Wildheit, so viel Ueppigkeit, trotz der uralten Geschichte so viel Anfang und Ursprünglichkeit, dachte ich, wie wird er sich denn hier benehmen. Ich ging in dem Lande herum, ich lebte mich immer mehr in seine Art und Weise und in seine Eigenthümlichkeiten hinein, und es war mir, als hörte ich den Hammer schallen, womit die Zukunft dieses Volkes geschmiedet wird. Jedes in dem Lande zeigt auf kommende Zeiten, alles Vergehende ist müde, alles Werdende feurig, darum sah ich recht gerne seine endlosen Dörfer, sah seine Weinhügel aufstreben, sah seine Sümpfe und Röhrichte, und weit draußen seine sanft blauen Berge ziehen.

Nach monatlangem Herumwandern glaubte ich endlich eines Tages, ich müsse mich nun in sehr großer Nähe bei dem Gute meines Freundes befinden, und des vielen Schauens doch etwas müde, beschloß ich dem Pilgern ein Ziel zu setzen, und gerade auf die Besitzung meines künftigen Beherbergers zuzulenken. Ich war den ganzen Nachmittag durch ein heißes Steinfeld gegangen; links stiegen fernblaue Berghäupter am Himmel auf – ich hielt sie für die Karpathen – rechts stand zerrissenes Land mit jener eigenthümlich röthlichen Färbung, wie sie so oft der Hauch der Steppe gibt: beide aber vereinigten sich nicht, und zwischen beiden ging das endlose Bild der Ebenen fort. Endlich, wie ich eben aus einer Mulde, in der das Bette eines ausgetrockneten Baches lief, empor stieg, sprang rechts ein Kastanienwald und ein weißes Haus herüber – eine Sandwehe hatte mir beides bisher gedeckt. – Drei Meilen, drei Meilen – so hatte ich fast den ganzen Nachmittag gehört, wenn ich nach Uwar fragte – so hieß das Schloß des Majors – drei Meilen: aber da ich die ungarischen Meilen aus Erfahrung kannte, so war ich gewiß ihrer fünfe gegangen, und wünschte daher sehnlich, das Haus möchte Uwar heißen. In nicht großer Ferne stiegen Felder gegen einen Erddamm empor, auf denen ich Menschen sah. Diese wollte ich fragen, und durchschritt zu dem Zwecke einen Flügel des Kastanienwaldes. Hier sah ich nun, was ich, durch die vielen Gesichtstäuschungen dieses Landes belehrt, sogleich geahnet hatte, nämlich, daß das Haus nicht an dem Walde liege, sondern erst hinter einer Ebene, die von den Kastanien weg lief, und daß es ein sehr großes Gebäude sein müsse. Ueber die Ebene aber sah ich eine Gestalt herüber sprengen, gerade auf jene Felder zu, auf denen die Leute arbeiteten. Auch sammelten sich alle Arbeiter um die Gestalt, da sie bei ihnen angekommen war, wie um einen Herrn – aber meinem Major sah das Wesen ganz und gar nicht ähnlich. Ich ging langsam gegen die Erdlehne empor, die auch weiter entfernt war, als ich dachte, und kam eben an, als bereits die ganze Glut der Abendröthe um die dunkeln wogenden Maisfelder und die Gruppe bärtiger Knechte, und um den Reiter loderte. Dieser aber war nichts anderes, als ein Weib, etwa vierzig Jahre alt, welches sonderbar genug die weiten landesmäßigen Beinkleider an hatte, und auch wie ein Mann zu Pferde saß. Da die Knechte schon auseinander gingen, und sie fast allein auf dem Flecke war, richtete ich mein Anliegen an sie. Meinen Wanderstab unter das Ränzlein stützend, zu ihr empor

schauend, und mir gleichsam die Strahlen der Abendröthe, die schief herein kamen, aus dem Gesichte streichend, sagte ich deutsch zu ihr: »Guten Abend, Mutter.«

»Guten Abend,« antwortete sie in derselben Sprache.

»Gewährt mir eine Bitte, und sagt: heißt jenes Gebäude Uwar?«

»Jenes Gebäude heißt nicht Uwar. Seid ihr nach Uwar bestellt?«

»Allerdings. Ich habe dort meinen Reisefreund, den Major, zu besuchen, der mich dahin eingeladen hat.«

»So geht nur ein wenig neben meinem Rosse her.«

Mit diesen Worten setzte sie ihr Pferd in Schritt und ritt langsam, damit ich ihr folgen konnte, zwischen den hohen grünen Maisbüscheln den Abhang hinan. Ich ging hinter ihr her und hatte Gelegenheit, meine Blicke auf die Umgebung richten zu können – und in der That, ich bekam immer mehr Ursache, mich zu verwundern. Wie wir höher kamen, öffnete sich zusehends das Thal hinter uns, ein ganzer ungeheurer Gartenwald lief von dem Schlosse in die Berge hinein, die hinter ihm begannen, Alleen streckten sich gegen die Felder, ein Wirthschaftsstück nach dem andern legte sich blos, und schien in trefflichem Stande. Ich habe nie dieses lange, fette, frische Blatt des Maises gesehen, und nicht ein Gräschen war zwischen seinen Stängeln. Der Weinberg, an dessen Rande wir eben ankamen, erinnerte mich an die des Rheins, nur habe ich am Rheine nicht dieses derbe Trotzen und Strotzen von Blatt und Reben gesehen, wie hier. Die Ebene zwischen den Kastanien und dem Schlosse war eine Wiese, so rein und sanft, als wäre Sammt gebreitet, sie war mit eingehegten Wegen durchschnitten, in denen die weißen Rinder des Landes wandelten, aber glatt und schlank, wie Hirsche. Das ganze hob sich wunderbar von dem Steinfelde ab, das ich heute durchwandelt hatte, und das jetzt in der Abendluft draußen lag und in den röthlich spinnenden Strahlen heiß und trocken herein sah zu dieser kühlen grünen Frische.

Indessen waren wir zu einem jener weißen Häuschen gelangt, wie ich mehrere im Grün der Rebengelände zerstreut wahrgenommen hatte, und das Weib sagte zu einem jungen Manne, der trotz des heißen Juniabends in seinem zottigen Pelze stack, und vor der Thür des Häuschens allerlei hantirte: »Milosch, der Herr will heute noch nach Uwar, wenn du etwa die zwei Weidebraunen nähmest, ihm einen gäbest, und ihn bis zum Galgen geleitetest.«

»Ja,« erwiederte der Bursche, und stand auf.

»Jetzt geht nur mit ihm, er wird euch schon richtig führen,« sagte das Weib, und wendete ihr Pferd, um des Weges zurück zu reiten, den sie mit mir gekommen war.

Ich hielt sie für eine Art Schaffnerin und wollte ihr ein namhaftes Geldstück für den Dienst geben, den sie mir so eben geleistet hatte. Sie aber lachte nur und zeigte hiebei eine Reihe sehr schöner Zähne. Durch den Weinberg ritt sie langsam hinab, dann hörten wir aber bald darauf die schnellen Hufschläge ihres Pferdes, wie sie über die Ebene flog.

Ich steckte mein Geld wieder ein, und wendete mich zu Milosch. Dieser hatte einstweilen zu seinem Pelze einen breiten Hut aufgesetzt und führte mich nun eine Strecke in den Weinpflanzungen fort, bis wir in eine Thalkrümme stiegen und auf Wirthschaftsgebäude stießen, aus denen er zwei jener kleinen Rosse zog, wie man sie auf den Haiden dieses Landes antrifft. Meines sattelte er, seines bestieg er, wie es war, und sofort ritten wir in die Abenddämmerung hinein dem dunkeln Osthimmel entgegen. Es mochte ein sonderbarer Anblick gewesen sein: der deutsche Wandersmann sammt Ränzlein, Knotenstock und Kappe zu Pferde sitzend, neben ihm der schlanke Ungar mit rundem Hute, Schnurbart, Zottelpelz und flatternden weißen Beinkleidern – beide in Nacht und Wüste reitend. In der That war es eine Wüste, in die wir jenseits der Weinberge geriethen, und die Ansiedlung war wie eine Fabel darinnen. Eigentlich war die Wüste wieder mein altes Steinfeld, und zwar sich selber so gleich geblieben, daß ich wähnte, wir reiten denselben Weg zurück, den ich gekommen bin, wenn mich nicht das schmutzige Roth, das noch hinter meinem Rücken am Himmel glühte, belehrt hätte, daß wir wirklich gegen Morgen reiten.

»Wie weit ist noch nach Uwar?« fragte ich.

»Es sind noch anderthalb Meilen,« antwortete Milosch.

Ich fügte mich in die Antwort und ritt hinter ihm her, so gut ich konnte. Wir ritten an denselben unzähligen grauen Steinen vorbei, wie ich sie heute den ganzen Tag zu Tausenden gezählt habe. Sie glitten mit falschem Lichte auf dem dunkeln Boden hinter mich, und weil wir eigentlich auf trocknem sehr festen Moore ritten, hörte ich keinen Hufschlag unserer Pferde, außer wenn zufällig das Eisen auf einen der Steine schlug, die sonst diese Thiere, an derlei Wege gewöhnt, sehr gut zu vermeiden wissen. Der Boden war immer eben, nur daß wir wieder zwei oder drei Mulden hinab und hinan

gestiegen waren, in deren jeder ein starrer Strom von Kieselgerölle lag.

»Wem gehört denn das Anwesen, das wir verlassen haben?« fragte ich meinen Begleiter.

»Marosheli« antwortete er.

Ich wußte nicht, weil er die Worte schnell vor mir reitend gesprochen hatte, ob dies der Name des Besitzers sei, oder ob ich überhaupt recht verstanden habe; denn die Bewegung erschwerte das Sprechen und Hören.

Endlich ging ein blutrothes Stück Mond auf, und in seinem schwachen Lichte stand auch schon das schlanke Gerüste auf der Haide, das ich für das Ziel meiner Begleitung hielt.

»Hier ist der Galgen, sagte Milosch, dort unten, wo es glänzt, rinnt ein Bach, daneben ist ein schwarzer Haufen, auf den geht zu, es ist eine Eiche, auf der sonst die Uebelthäter aufgehängt worden sind. Jetzt darf das nicht mehr sein, weil ein Galgen ist. Von der Eiche beginnt ein gemachter Weg, an welchem junge Bäume zu beiden Seiten stehen. Auf dem Wege geht etwas weniger als eine Stunde fort, dann zieht an der Glockenstange des Gitters. Hört, wenn auch nicht zugesperrt ist, geht doch nicht hinein; es ist wegen der Hunde. Zieht nur an der Glockenstange. So, jetzt steigt ab, und macht den Rock besser zu, daß ihr nicht das Fieber bekommt.«

Ich stieg ab, und obwohl ich mit meiner Belohnung bei der Schaffnerin nicht gut angekommen war, both ich Milosch doch auch wieder eine. Er nahm sie an und steckte sie in den Pelz. Dann haschte er nach dem Zügel meines Pferdes, wandte sich, und flog eilends davon, ehe ich nur sagen konnte, er möge dem Herrn der Pferde meinen Dank melden, daß ich so unbedingt auf einem in der Nacht fort reiten durfte. Offenbar hatte er von dem Orte weg getrachtet. Ich blickte hin. Es standen zwei Säulen, und darauf war ein Querbalken. So ragte es in das gelbe Mondlicht empor. Oben lag etwas, wie ein Kopf. In der That aber mochte es irgend eine Erhöhung sein. Ich ging weiter, gleichsam als ob das Gras der Haide hinter mir lispelte, und sich etwas am Fuße des Galgens rührte. Von Milosch war nicht mehr das Geringste zu vernehmen, als sei er gar nie da gewesen. Ich kam sogleich zu der Todeseiche. Der Bach schil-

lerte und glänzte und ringelte sich um Binsen, wie eine todte Schlange. Daneben war der schwarze Bau des Baumes. Ich ging um ihn herum und jenseits war ein gerader weißer Weg, von dem Monde beschienen. Der Weg war gestampft und hatte Gräben und eine Allee junger Pappeln. Es that mir wohl, daß ich wieder meine Schritte schallen hörte, wie es daheim in unserem Lande auf den Wegen der Fall ist.

Ich ging langsam dahin. Der Mond hob sich mehr und mehr und stand endlich klar an dem warmen Sommerhimmel. Die Haide lief wie eine fahle Scheibe unter ihm weg. Endlich, da eine gute Stunde vergangen sein mochte, hoben sich vor mir schwarze Klumpen, wie ein Wald oder ein Garten, und in kurzer Frist stieß der Weg an ein Gitter, das in einer Mauer stand, die außer dem Walde hinlief, und hinter sich riesengroße Wipfel hatte, die todesstille in dem Silber der Nachtluft empor standen. An dem Gitter war ein Glockengriff, ich zog, und es schellte von Innen. Gleich darauf ertönte nicht etwa ein Bellen, sondern zwei Stöße jenes tiefen, entschloßnen und neugierigen Schnaufens edler Hunde – ein dumpfer Sprung – und der größte schönste Hund, den ich in meinem Leben gesehen habe, stand von Innen an dem Gitter. Er stellte sich auf die Hinterfüße, faßte mit den vorderen die eisernen Stangen, und sah auf mich heraus, ohne nur den geringsten Laut zu geben, wie es die ernste Art dieser Thiere gewohnt ist. Bald kamen murrend und jagend noch zwei kleinere und jüngere derselben Gattung, glatte Bulldoggen, und alle schauten unverwandt auf mich. Nach einer Weile hörte ich auch nahende Menschentritte, und ein Mann im zottigen Pelze kam und fragte um mein Begehren. Ich entgegnete, ob ich in Uwar sei, und nannte meinen Namen. Er mußte Weisung haben; denn sofort beschwichtigte er mit ungarischen Worten die Hunde, und öffnete dann das Gitter.

»Der Herr hat Briefe von euch und erwartet euch schon lange,« sagte der Mann, als wir weiter gingen.

»Ich habe ihm ja geschrieben, daß ich mir euer Land ansehen wolle,« antwortete ich.

»Und das habt ihr lange angesehen,« sagte er.

»Freilich,« antwortete ich. »Ist der Herr Major noch wach?«

»Er ist gar nicht zu Hause, sondern in der Sitzung. Morgen früh wird er herüber reiten. Für euch hat er drei Zimmer richten lassen, und gesagt, daß wir euch hinein führen sollen, wenn ihr in seiner Abwesenheit kämet.«

»Nun so führt mich hinein.«

»Wohl.«

Diese Worte waren die einzigen, die wir auf dem langen Wege wechselten, den wir meiner Meinung nach eher durch einen Urwald, als durch einen Garten machten. Riesige Tannen streckten sich gegen den Himmel, und mannsdicke Eichenäste griffen herum. Der größere Hund ging ruhig neben uns, die andern schnoberten in meinen Kleidern, und jagten sich dann gelegentlich. Als wir so den Hain durchschritten hatten, kamen wir zu einer baumlosen Erhöhung, auf welcher das Schloß stand – so viel ich jetzt erkennen konnte – ein großes viereckiges Gebäude. Ueber die Erhöhung führte eine breite Steintreppe empor, auf der das schärfste Mondlicht starrte. Hinter der Treppe war ein etwas ebener Platz, und dann ein großes Gitter, das statt des Thores des Hauses diente. Als wir an dem Gitter angekommen waren, sprach mein Begleiter einige Worte zu den Hunden, worauf sie in den Garten zurück schoßen. Nun schloß er das Gitter auf und führte mich in das Gebäude.

Auf der Treppe brannte noch Licht und beglänzte hohe seltsame Steinbilder mit weiten Stiefeln und schleppenden Gewändern. Es mochten ungarische Könige sein. Dann empfing uns im ersten Geschoße ein langer mit Rohrmatten belegter Gang. Wir gingen ihn entlang, und stiegen dann noch eine Treppe hoch. Hier war wieder ein solcher Gang, und einen der Thürflügel, die in demselben waren, öffnend, sagte mein Begleiter, hier seien meine Zimmer. Wir gingen hinein. Nachdem er in jedem mehrere Kerzen angezündet hatte, wünschte er mir gute Nacht und ging fort. In einer Weile wurde von einem Anderen Wein, Brod und kalter Braten gebracht, worauf mir von ihm, wie von seinem Vorgänger, gute Nacht gebothen wurde. Ich erkannte hieraus und aus der völligen Einrichtung der Zimmer, daß ich nun allein bleiben würde, und ging daher an die Thüren, und schloß mich ab.

Hierauf aß ich, und musterte dabei meine Wohnung. Das erste Zimmer, in welchem die Speisen auf einen großen Tisch gestellt wurden, war sehr geräumig. Die Kerzen strahlten hell und beleuchteten alles. Die Geräthe waren anders, als sie bei uns gebräuchlich sind. In der Mitte stand eine lange Tafel, an deren einem Ende ich aß. Um die Tafel waren Bänke von Eichenholz gestellt, nicht eigentlich wohnlich aussehend, sondern wie zu Sitzungen bestimmt. Sonst war nur noch hie und da ein Stuhl zu sehen. An den Wänden hingen Waffen aus verschiedenen Zeiten der Geschichte. Sie moch-

ten einst der ungarischen angehören. Es waren noch viele Bogen und Pfeile darunter. Außer den Waffen hingen auch Kleider da, ungarische, die man aus früheren Zeiten aufgehoben hatte, und dann jene schlotternden seidenen, die entweder Türken oder gar Tartaren angehört haben mochten.

Als ich mit meinem Nachtmahle fertig war, ging ich in die zwei Nebenzimmer, die auf diesen Saal folgten. Sie waren kleiner, und wie ich gleich bei dem ersten Blicke, da ich eingeführt wurde, bemerkt hatte, wohnlicher eingerichtet, als der Saal. Es waren Stühle, Tische, Schränke, Waschgeräthe, Schreibzeug und alles da, was ein einsamer Wanderer in seiner Wohnung nur immer wünschen kann. Selbst Bücher lagen auf dem Nachttische, und sie waren sämmtlich in deutscher Sprache. In jedem der zwei Zimmer stand ein Bett, aber statt der Decke war auf ein jedes das weite volksthümliche Kleidungsstück gebreitet, welches sie Bunda heißen. Es ist dies gewöhnlich ein Mantel aus Fellen, wobei die rauhe Seite nach Innen, die glatte weiße nach Außen gekehrt ist. Letztere hat häufig allerlei farbiges Riemzeug, und ist mit aufgenähten farbigen Zeichnungen von Leder verziert.

Ehe ich mich schlafen legte, ging ich noch, wie es immer an fremden Orten meine Gewohnheit ist, an das Fenster um zu schauen, wie es draußen aussähe. Es war nicht viel zu sehen. Das aber erkannte ich im Mondlichte, daß die Landschaft nicht deutsch sei. Wie eine andere, nur riesengroße Bunda lag der dunkle Fleck des Waldes oder Gartens unten auf die Steppe gebreitet – draußen schillerte das Grau der Haide – dann waren allerlei Streifen, ich wußte nicht, waren es Gegenstände dieser Erde, oder Schichten von Wolken.

Nachdem ich meine Augen eine Weile über diese Dinge hatte gehen lassen, wendete ich mich wieder ab, schloß die Fenster, entkleidete mich, ging zu dem nächst besten Bette und legte mich nieder.

Als ich das weiche Pelzwerk der Bunda über meine ermüdeten Glieder zog, und als ich schon fast die Augen zuthat, dachte ich noch: »So bin ich nun begierig, was ich in dieser Wohnung Freundliches oder Häßliches erleben werde.«

Dann entschlummerte ich, und alles war todt, was schon in meinem Leben gewesen ist, und was ich sehnlichst wünschte, daß noch in dasselbe eintreten möchte.

2.
Steppenhaus.

Wie lange ich geschlafen habe, weiß ich nicht, aber daß es nicht fest und gut war, das wußte ich. Es mußte die allzu große Müdigkeit daran Schuld sein. Die ganze Nacht ging ich auf dem Vesuve herum, und sah den Major bald in einem Pilgeranzuge in Pompeji sitzen, bald im Fracke zwischen den Schlaken stehen und Steine suchen. In meinen Morgentraum tönte Pferdegewieher und Hundegebell, dann schlief ich einige Zeit fest, und als ich erwachte, war heller Tag in dem Zimmer, und ich sah hinaus in den Saal, in dem die Waffen und Kleider von der Sonne beschienen hingen. Unten erbrauste der dunkle Park von dem Lärmen der Vögel, und als ich aufgestanden und an eines der Fenster getreten war, funkelte die Haide draußen in einem Netze von Sonnenstrahlen. Da ich noch kaum angekleidet war, klopfte es an meine Thür, ich öffnete und es trat mein Reisefreund herein. Ich war immer die Tage her begierig gewesen, wie er aussehen möge, und er sah nicht anders aus, als er eben aussehen konnte, nemlich so zu der ganzen Umgebung stimmend, daß es schien, ich hätte ihn immer so gesehen. Auf der Oberlippe hatte er den gebräuchlichen Bart, der die Augen noch funkelnder machte, das Haupt deckte ein breiter runder Hut und von den Lenden fiel das weite weiße Beinkleid hinab. Es war ganz natürlich, daß er so sein mußte, ich konnte plötzlich nicht mehr denken, wie ihm der Frack stehe, seine Tracht schien mir reizend, daß mir mein deutscher Flaus, der bestaubt und herabgeschunden auf einer Bank unter dem verschossenen Seidenkleide eines Tartaren lag, fast erbärmlich vorkam. Sein Rock war kürzer, als sie gewöhnlich in Deutschland sind, stand aber sehr gut zu dem Ganzen. Mein Freund schien zwar gealtert; denn seine Haare mischten sich mit Grau, und sein Antlitz war voll von jenen feinen und kurzen Linien, die bei wohlgebildeten Menschen, die sich lange erhalten, doch endlich die wachsende Zahl der Jahre anzeigen; aber er erschien mir so angenehm und einnehmend, wie immer.

Er grüßte mich sehr freundlich, sehr herzlich, ja fast innig – und als wir eine halbe Stunde geplaudert hatten, waren wir schon wieder so bekannt, wie zuvor. Es schien, als hätten wir uns seit unserer italienischen Reise gar nicht getrennt. Da ich mich ankleidete und dazu bemerkte, daß ein Koffer mit meinen andern Sachen ankommen werde, schlug er vor, ich möchte bis dahin, oder wenn ich wollte, in der Zeit meines ganzen Hierseins ungarische Kleider anziehen. Ich ging in die Sache ein und die nöthigen Bestandstücke waren bald herbeigeschafft, wobei er bemerkte, daß er in den nächsten Tagen schon für Abwechslung sorgen werde. Wie wir nun so in den Hof hinunter kamen zu den mit uns gleich gekleideten Knechten, und wie diese aus den finstern Schnurbärten und den buschigen Augenbraunen so beifällig auf uns blickten, und uns die Pferde zu einem Morgenritte zuführten, war etwas so Edles und Beruhigendes in dem Schauspiele, daß ich mich innerlichst recht davon erquickt fühlte.

Wir ritten von der großen sanften Dogge begleitet in den Besitzungen des Majors herum. Er zeigte mir alles und gab gelegentlich Befehle und Lobsprüche. Der Park, durch den wir zuerst ritten, war eine freundliche Wildniß, sehr gut gehegt, rein gehalten, und von Wegen durchschnitten. Als wir hinaus auf die Felder kamen, wogten sie im dunkelsten Grün. Nur in England habe ich ein gleiches gesehen; aber dort, schien es mir, war es zarter und weichlicher, während dieses hier kräftiger und sonnedurchdrungener erschien. Wir ritten hinter dem Parke sachte bergan, und an dem Kamme dieser sanften Höhe, die gegen die Haide ging, zogen sich die Weinpflanzungen dahin. Ueberall war ein dunkles breites Blatt, die Pflanzungen nahmen einen großen Strich ein, an allen Stellen waren Pfirsichbäume eingestreut, und von den gehörigen Orten blickten, wie in Maroshely, die weißen leuchtenden Punkte der Wächterhäuschen herüber. Auf die Haide gekommen, sahen wir seine Rinder, eine große, zerstreute, fast unübersehbare Heerde. Eine Stunde Reitens führte uns dann zu den Gestütten und Schäfereien. Da wir über die Haide kamen, zeigte er auf einen schmalen schwarzen Streifen, der sehr weit im Westen das hingehende Grau der Steppe schnitt und sagte: »Das sind die Weinberge von Maroshely, von wo ihr gestern die Pferde hattet.«

Den Rückweg nahmen wir auf einer andern Seite, und hier zeigte er mir seine Gärten, seine Obstanlagen und seine Glashäuser. Ehe wir dazu kamen, ritten wir an einem sehr unansehnlichen Landstriche vorbei, auf dem bedeutend viele Menschen beschäftigt waren. Auf meine Frage sagte er, dies seien Bettler, Herumstreicher, selbst Gesindel, die er durch pünktliche Bezahlung gewonnen habe, daß sie ihm arbeiten. Sie trocknen eben einen sumpfigen Strich, und legen eine Straße an.

Zu Mittage, da wir nach Hause gekommen waren, aßen wir mit allen Knechten und Mägden in einer Art Vorhalle, oder vielmehr unter einem ungeheuren Vordache, an dem ein riesiger Nußbaum stand. An dem hölzernen Brunnengerüste musizirten eben durchziehende Zigeuner. – Es war zu Tische auch ein Fremder gekommen, ein Jüngling in frühesten Jahren. Er fiel mir durch seine außerordentliche Schönheit auf. Er hatte Briefe aus der Nachbarschaft gebracht, und war nach dem Essen wieder fortgeritten. Von dem Major war er sehr achtungsvoll, fast zärtlich behandelt worden.

Den heißen Nachmittag verbrachten wir in den kühlen Zimmern. Abends zeigte mir mein Gastfreund das Abendroth der Haide. Wir ritten eigens zu dem Zwecke hinaus, nachdem er mir gerathen hatte, so wie er, gegen die Fieberluft der Ebene einen Pelz um zu thun, wenn ihn auch die noch warme Luft entbehrlich zu machen scheint. Wir warteten, da wir hinaus gekommen waren, an dem von ihm angegebenen Punkte, bis die Sonne untergegangen war. Und in der That, es war ein prachtvoller Anblick, der nun folgte: auf der ganzen schwarzen Scheibe der Haide war die Riesenglocke des brennend gelben, flammenden Himmels gestellt, so sehr in die Augen wogend und sie beherrschend, daß jedes Ding der Erde schwarz und fremd wird. Ein Grashalm der Haide steht wie ein Balken gegen die Glut, ein gelegentlich vorüber gehendes Thier zeichnet ein schwarzes Ungeheuer auf den Goldgrund, und arme Wachholder und Schlehenbüsche malen ferne Dome und Palläste. Im Osten fängt dann nach wenigen Augenblicken das feuchte kalte Blau der Nacht herauf zu steigen an, und schneidet mit trübem und undurchsichtigem Dunste den einheitlichen Glanz der Kuppel des Himmels.

Die Erscheinung dauert vorzüglich in den Junitagen, wo die Sonne hoch steht, sehr lange. Als wir schon zu Hause waren, als wir schon das Abendmal eingenommen und einige Zeit mit einander verplaudert hatten, als ich dann in meinem Schlafzimmer war, an dem Fenster stand, und bereits fast die Mitternacht heran kam, stand noch ein trüb gelbes Stückchen Licht im Westen, während schon im blauen Osten die rothe Scheibe des Halbmondes glühte.

Ich nahm mir an diesem Abende vor, morgen oder übermorgen, oder wenn sich immer in den nächstfolgenden Tagen eine Gelegenheit ergäbe, den Major um das Ziel zu fragen, von dem er mir geschrieben hatte, daß er es endlich gefunden habe, und daß es ihn auf immerwährende Zeiten an die Heimat binde.

Des andern Morgens weckte er mich vor Sonnenaufgang und fragte, ob ich den Tag für mich zubringen, oder ob ich ihn mit ihm theilen wolle. Beides stehe mir auch in der Zukunft frei. Wenn ich an den Geschäften und Bestrebungen des Hauses Theil nehmen wollte, so dürfe ich nur an dem Tage, an dem ich Solches im Sinne habe, beim Klange der Hofglocke, die jeden Morgen geläutet werde, aufstehen und mich zu dem gemeinschaftlichen Frühmale einfinden. Hätte ich aber an einem Tage abgesonderte Pläne, so seien schon seine Leute, falls er selber nicht da wäre, angewiesen, mir mit Pferden, mit Begleitung oder mit anderm Nöthigen an der Hand zu sein. Lieb wäre es ihm, wenn ich ihn von solchen Dingen, vorzüglich, wenn sie weitere Entfernungen von Hause beträfen, immer vorher in Kenntniß setzte, damit er mich vor Umwegen, Schwierigkeiten, und vielleicht auch vor kleinen Gefahren, die eintreten könnten, bewahre. Ich war ihm für seine Bereitwilligkeit dankbar, und erklärte, daß ich heute und morgen und überhaupt so lange, bis es mir anders einfiele, seine Zeit theilen wolle.

Ich stand daher auf, kleidete mich an, und begab mich unter das Vordach zu dem Frühmahle. Die Leute waren schon fast fertig, und trennten sich, um zu ihren verschiedenen Arbeiten zu gehen. Der Major hatte meiner geharrt, und wartete, bis ich mit der Einnahme meines Frühstückes fertig war. Dann wurden die gesattelten Pferde vorgeführt. Ich fragte nicht, was er thun werde, sondern folgte ihm, wohin er ritt.

Wir ritten heute nicht mehr so im Allgemeinen herum, daß er mir überhaupt seine Besitzungen und Beschäftigungen zeige, sondern er sagte, er wolle das, was der heutige Tag von ihm fordere, thun, und ich möge ihm zusehen, falls es mir nicht lange Weile mache.

Wir kamen zu gedehntem Wiesenlande, auf dem Heu gemacht wurde. Der schöne ungarische Braun, den der Major ritt, trug ihn tanzend auf dem schönen, weichen, geschorenen Rasengrün hin. Er stieg ab, während ein Knecht das Pferd hielt, und besah an ver-

schiedenen Schobern das Heu. Es wurde von dem Knechte bemerkt, daß es auf den Nachmittag zum Einführen bestimmt sei. Der Major ordnete, so lange die Wiese geschoren sei, das Schlagen mehrerer Gräben an, damit überflüssiges Wasser abgehe, und an andern Stellen, damit es gesammelt werde. Von der Wiese schlug er den Weg zu den Gewächshäusern ein, die nicht wie es sonst gewöhnlich ist, in der Nähe des Wohnhauses waren, sondern auf einem geeigneten Platze, wo ein sanfter Erdhang seine Dachung gegen Aufgang und Mittag zeigte. Es war an diesen Häusern ein kleiner reiner Stall angebracht, wohin der Major und seine Begleitung, wenn zufällig eine da war, ihre Pferde thun konnten; denn es war nicht selten der Fall, daß er sich hier lange aufhalten mußte, und wenn Besuch da war, der die Gewächsanlagen besehen wollte, geschah es wohl auch, daß mehrere Stunden darüber hin gingen. Wir thaten unsere Pferde gesattelt in den Stall, und er ging zuerst daran, mehrere Gewächsstücke und Pflanzen, die auf Begehren zu Versendungen geordnet wurden, zu besichtigen, dann ging er in die Gärtnerstube, wo Schreibereien lagen, und brachte ziemlich lange Zeit an dem Tische bei denselben zu. Ich sah indessen die Dinge um mich an, von denen ich aber gerade so viel und so wenig verstand, als ein unaufhörlich Reisender, welcher unzählige Gewächshäuser besah, verstehen kann. Als ich aber später in seinem Bücherzimmer die Werke und Abbildungen über diesen Zweig ein wenig durchging, erkannte ich, wie wenig ich eigentlich von dem Kerne dieser Sache wußte.

»Wenn man von diesen reizenden Dingen, sagte der Major zu einer andern Zeit einmal, die so gerne vom Hundertsten ins Tausendste führen, wirklich Früchte haben soll, so muß man sie vom Grunde aus betreiben, und die Andern, die darin arbeiten, bedeutend zu übertreffen suchen.«

Von der Gärtnerstube heraus kommend sah er eine Weile mehreren Weibern zu, die mit Abstauben und Reinigen der grünen Camellienblätter beschäftiget waren. Diese Pflanze war damals noch selten und theuer. Er untersuchte auch die gereinigten und machte seine Bemerkungen. Von da kamen wir an den vielen reinen weißen Sandbeeten der Glashäuser vorüber, in denen die ganz jungen Pflänzchen standen, dann an all den Blumen und Gewächsen, deren Zucht er sich zur Aufgabe gemacht hatte. An dem entgegengesetz-

ten Ausgange der Anlagen warteten unsere Pferde, die ein Gärtner- bursche indessen hinten herum geführt hatte. Hier waren die Stel- len zur Bereitung und Mischung der Erden, die von Eseln in Körben aus verschiedenen Gegenden und oft von weit entfernten Nadel- waldungen das ganze Jahr hindurch herbeigebracht werden. Selbst zum Brennen der Erde waren bestimmte Orte, und in der Nähe war das Eichenholz aufgeschichtet, das im Winter zur Erwärmung dient.

Da, wie ich schon gestern bemerkt hatte, von den Gewächsanla- gen nicht weit auf die Haide war, so ritten wir nun auf dieselbe hinaus. Der gute Lauf unserer schlanken Pferde trug uns bald so weit auf die einförmige morgenduftige Ebene hinaus, daß wir das Schloß und den Park nur mehr als einen dunklen Fleck in der Ferne liegen sahen. Hier stießen wir zu seinen Hirten. Einige Stangen, so mager, daß von ihnen als Schutzwerken gar keine Rede sein kann, bildeten eine Hütte, oder vielleicht gar nur ein Zeichen, welches in der Steppe leicht gesehen und gefunden werden kann. Unter diesen Stangen brannte oder glimmte vielmehr ein Feuer, das von den zähen Aesten oder den Wurzeln der Wachholder- und Schlehen- und anderer Krüppelsträuche unterhalten wurde. Hier bereiteten die Hirten, die um eilf Uhr schon Mittag hielten, ihr Mahl. Braune Gestalten, deren Pelze auf der Erde umher lagen, standen in schmutzig weißen Beinkleidern und Hemdärmeln um den Major herum, und antworteten auf seine Fragen. Andere, da sie seine An- kunft auf der weithin gedehnten Fläche wahrgenommen hatten, jagten auf kleinen unscheinbaren Rossen herbei, die weder Sattel noch Decke, und statt Zügel und Halfter oft nur einen Strick hatten. Sie stiegen ab, hielten ihre Thiere an der Hand und umringten den Major, der ebenfalls abgestiegen war, und sein Pferd zu halten gab. Sie sprachen nicht blos von ihrer Beschäftigung mit ihm, sondern auch von andern Dingen, und er kannte sie fast alle mit Namen. Er war so leutselig mit ihnen, als wäre er einer aus ihrer Mitte, und dies, wie ich glaubte, erweckte eine Art Begeisterung unter den Menschen. Wie bei uns in den Bergen, so waren auch hier die Thiere den ganzen Sommer über im Freien. Es waren jene weißen langge- hörnten Rinder, welche in dem Lande vorkommen, und sich von den Kräutern der Steppe nähren, die eine Würze und einen Blu- mengeruch haben, die wir Alpenländler ihnen kaum zutrauen soll- ten. Bei diesen Thieren bleiben die Menschen, die ihnen zugegeben

sind, ebenfalls im Freien, und haben oft gar nichts über sich als den Himmel und die Sterne der Haide, oft nur, wie wir eben gesehen hatten, einige Stangen, oder eine gegrabene Hütte von Erde. Sie standen vor dem Major, dem Grundherrn, wie sie ihn hier hießen, und hörten seinen Anordnungen zu. Als er wieder aufstieg, hielt ihm einer, der blitzende Augen aus dem Schwarz seines Gesichtes und seiner Braunen herauszeigte, das Pferd, während sich ein anderer mit langen Haaren und dichtem Schnurbarte bückte, und ihm die Steigbügel hielt.

»Lebt wohl, Kinder,« sagte er beim Fortreiten, »ich werde euch bald wieder besuchen, und wenn die Nachbarn herüber kommen, werden wir einen Nachmittag auf der Haide liegen und bei euch essen.«

Er hatte diese Worte auf ungarisch gesagt, und sie mir auf meine Bitte verdeutscht.

Im Fortreiten sagte er zu mir: »Wenn es euch ergötzt, diese Haidewirthschaft einmal im Einzelnen genau anzuschauen, und ihr etwa einmal allein heraus kommen wolltet, um mit diesen Leuten gleichsam zu leben, müßt ihr auf die Hunde achten, die sie haben. Sie sind nicht immer so zahm und geduldig, wie ihr sie heute gesehen habt, sondern sie würden euch strenge mit fahren. Ihr müßt es mir vorher sagen, daß ich euch hin geleite, oder wenn ich nicht kann, daß ich euch einen bekannten Hirten mit gebe, der euch führe, und den die Hunde lieben.«

Ich hatte in der That, da wir bei dem Hirtenfeuer waren, die ungemein großen, schlanken, zottigen Hunde bewundert, derlei ich auf meiner ganzen Wanderung nicht angetroffen habe, und die so sittsam neben und unter uns am Feuer herum saßen, als verstünden sie etwas von der Verhandlung und nähmen daran Theil.

Wir wendeten uns, da wir fort ritten, dem Schlosse wieder zu, da bereits die Zeit zum Mittagessen heran rückte. Als wir, so wie gestern, in der Nähe der Strecke vorüber kamen, auf der die Leute arbeiteten, um den Sumpf zu trocknen, und die Grundrisse einer Straße zu ziehen, sagte er, indem er auf ein Weitzenfeld zeigte, an dem wir ziemlich nahe vorbei ritten, und auf welchem die Frucht außerordentlich schön stand: »Diese guten Schollen, wenn sie ihre Schuldigkeit thun, müssen uns das Geld herbeischaffen, daß wir auch an anderen Stellen etwas verrichten können. Die Leute arbeiten da drüben in der Oede das ganze Jahr. Sie haben ihren Taglohn und kochen gleich neben ihren Geschäften im Freien. Zum Schlafen gehen sie in jene hölzernen Hütten, die ihr seht. Im Winter, wenn sich Eis bildet, gehen wir den tiefern Stellen zu, denen wir jetzt wegen zu großer Weiche des Bodens nicht ankönnen, und füllen Gerölle der Haide und Steine, die wir von den Weinpflanzungen nehmen, hinein.«

Wirklich erblickte ich, da ich auf die eigenthümliche Anlage hin-
über schaute, die hölzernen Hütten, von denen er gesprochen hatte,
und sah an verschiedenen Stellen des Haiderückens schwachen
Rauch aufgehen, der die kunstlosen Herde anzeigen mochte, auf
denen die Leute ihr Mittagsessen kochten.

Als wir in den Park einritten, umsprungen von den großen und
kleinen Doggen, läutete in dem Herrenhause eben die Glocke, die
uns und die anderen Leute zum Mahle rief.

Ich fragte an dem Abende dieses Tages meinen Reisefreund nicht
um sein Ziel, wie ich mir Tags vorher beim Schlafengehen so fest
vorgenommen hatte.

Der Nachmittag verging wie gewöhnlich, zu Hause, nur daß der
Major gegen fünf Uhr auf dem gebahnten Wege mit der Pappelal-
lee, auf dem ich in der Nacht gekommen war, ich weiß nicht wohin
fuhr, während ich die Bücher musterte, die er mir in immer größe-
rer Anzahl aus seinem Bücherzimmer auf meine Stube bringen ließ.

Des folgenden Tages hatte der Major viel zu schreiben, und ich
brachte schier den ganzen Tag damit zu, seine Pferde, die er zu
Hause hatte, zu besehen, und mit seinen Leuten Bekanntschaft zu
machen.

An dem Tage, der nachher folgte, war ich mit ihm in der Schäfe-
rei, die zwei Stunden Reitens entfernt ist, und in welcher wir den
ganzen Tag zubrachten. Er hat einige Leute dort, die bedeutende
Bildung verrathen, und mit ihm in das Wesen der Sache, die sie
lieben, einzugehen scheinen. Hier sah ich auch, daß alle Zweige
seiner Thätigkeit ihre eigene Geldverwaltung haben, indem er den
Schäfereien eine Summe vorstreckte, die aus einem andern Bereiche
genommen war. Die Sache wurde sehr genau und richtig in die
Papiere aufgenommen und verbrieft. Die Anlagen sind sehr weit-
schichtig, und die Zuchten nach ihrem Bedürfnisse geordnet.

Ein anderes Mal sah ich die Gestütte, und wir waren auf der
Weide, auf welcher seine Füllen und die jüngeren Pferde gewöhnli-
chen Schlages unter Hirten stehen, wie anderswo die Rinder.

Auf diese Weise lernte ich nach und nach den ganzen Kreis seiner
Thätigkeit kennen, welcher wahrhaftig nicht geringfügig war. Ich
wunderte mich, daß er diesen Sachen eine solche Aufmerksamkeit

und Umsicht zuwendete, da ich ihn doch früher mehr als träumend und in Wissenschaften herum dichtend und forschend gekannt habe.

»Ich glaube, sagte er einmal, daß man es so mit dem Boden eines Landes beginnen müsse. Unsere Verfassung, unsere Geschichte ist sehr alt, aber noch vieles ist zu thun; wir sind in ihr, gleichsam wie eine Blume in einem Gedenkbuche aufgehoben worden. Dieses weite Land ist ein größeres Kleinod, als man denken mag, aber es muß noch immer mehr gefaßt werden. Die ganze Welt kömmt in ein Ringen sich nutzbar zu machen, und wir müssen mit. Welcher Blüthe und Schönheit ist vorerst noch der Körper dieses Landes fähig, und beide müssen hervorgezogen werden. Ihr müßt es ja gesehen haben, da ihr zu mir kamt. Diese Haiden sind der feinste schwarze Ackergrund, in diesen Anhöhen voll glitzernden Gesteins bis zu jenen blauen Bergen hin, die ihr im Norden sehet, schläft der feurige Fluß des Weines, und dämmert von Erde umflort der Glanzblick des Metalles. Zwei sehr edle Ströme ziehen durch unser Land, über ihnen ist so zu sagen, die Luft noch todt, und harret, daß unzählige bunte Wimpel in ihr flattern. Vielerlei Volk ist in dem Lande, manches ist ein Kind, dem man vormachen muß, was es beginnen soll. Seit ich in der Mitte meiner Leute lebe, über die ich eigentlich mehr Rechte habe, als ihr euch denket, seit ich mit ihnen in ihrer Kleidung gehe, ihre Sitten theile, und mir ihre Achtung erworben habe, ist es mir eigentlich, als hätte ich dieses und jenes Glück errungen, das ich sonst immer in der einen oder der andern Entfernung gesucht habe.«

Ich fragte den Mann nun gar nicht mehr um sein Ziel, dessen er in seinem Briefe an mich erwähnt hatte.

Vorzugsweise waren es die Getreidearten, denen er seine Aufmerksamkeit zugewendet hatte. Und sie standen aber auch in einer Fülle und Schönheit, daß ich schon neugierig war, wenn sich diese Aehren der Reife zuwenden, und wenn wir sie heimführen würden.

Die Einsamkeit und Kraft dieser Beschäftigungen erinnerte mich häufig an die alten starken Römer, die den Landbau auch so sehr geliebt hatten, und die wenigstens in ihrer früheren Zeit auch gerne einsam und kräftig waren.

»Wie schön und ursprünglich,« dachte ich, »ist die Bestimmung des Landmannes, wenn er sie versteht und veredelt. In ihrer Einfalt und Mannigfaltigkeit, in dem ersten Zusammenleben mit der Natur, die leidenschaftlos ist, gränzt sie zunächst an die Sage von dem Paradiese.«

Da ich einmal längere Zeit auf der Besitzung des Majors war, da ich die Theile derselben übersah, und verstehen lernte, da die Dinge vor mir wuchsen und ich an dem Gedeihen derselben Antheil nahm: hatte mich das gleichförmig sanfte Abfließen dieser Tage und Geschäfte so eingesponnen, daß ich mich wohl und ebenmäßig angeregt fühlte, und auf unsere Städte vergaß, gleichsam als wäre das ein Kleines, was in ihnen bewegt wird.

Da wir wieder einmal unter den Pferden gewesen waren, die auf der Haide sind, und da sich zu den Hirten derselben auch die gesellt hatten, die das Geschäft der Rinder über sich haben, so daß zufällig eine größere Menge dieser Menschen auf der Haide beisammen und bei uns waren, sagte der Major im Nachhausefahren zu mir – denn dieses Mal hatte er ein schönes Haidegespann mit Riemengeschirr vor einen Wagen gespannt, der mit großer Spurweite sicher auf dem Grase der Haide dahin rollte: »Diese würde ich sogar zum Blutvergießen führen können, sobald ich mich nur an ihre Spitze stellte. Sie sind mir unbedingt zugethan. Auch die andern, die Knechte und die Arbeiter, die ich zu Hause habe, würden sich eher ihre Glieder zerschlagen lassen, ehe einer zugäbe, daß mir ein Haar gekrümmt würde. Wenn ich nun die dazu rechne, die mir wegen dem Verhältnisse der Grundherrlichkeit unterthan sind, und die mir, wie ich bei vielen Gelegenheiten erfahren konnte, vom Grunde des Herzens zugethan sind, so würde ich, wie ich glaube, eine ziemlich große Zahl von Menschen zusammen bringen, die mich lieben. – – Seht nur, und ich bin erst zu ihnen gekommen, als mein Haupt schon grau geworden war, und als ich viele Jahre auf sie vergessen hatte. Wie müßte es sein, so Hunderttausende zu leiten, und sie zum Guten zu führen; denn meistens, wenn sie vertrauen, sind sie wie Kinder, und folgen zum Guten, wie zum Bösen.«

»Einmal,« fuhr er nach einer Weile fort, »habe ich geglaubt, ich werde ein Künstler oder Gelehrter werden. Ich habe aber eingese-

hen, daß diese ein tiefes ernstes Wort zu der Menschheit sagen müssen, das sie begeistert und edler und größer macht – oder daß wenigstens der Gelehrte Dinge zu Tage schaffe und erfinde, welche die Menschen in dem irdischen Gute, in den Mitteln fördern und weiter bringen. In beiden Fällen aber ist es nothwendig, daß ein solcher Mann zuerst selber ein einfaches und großes Herz habe. Aber da ich dies nicht besitze, so ließ ich alles wieder fahren, und es ist nun vorbei.«

Mir war es, da er diese Worte sagte, als ginge ein sanfter Schatten über sein Auge, und als blicke es in diesem Augenblicke noch immer mit jener Schwärmerei in die Luft hinaus, wie einstens, wenn wir manchmal müßig auf dem Epomeo saßen, ein ganzes Meer von Himmelsbläue um uns feierte, unten die See glänzte und er von allerlei Wünschen und Träumen junger Herzen redete. Darum kam mir auch plötzlich der Gedanke, ob etwa das Glück, von dem er mir sagte, daß er es gefunden habe, doch noch nicht ganz da sei.

Das war das einzige Mal gewesen, daß er seit unserer Bekanntschaft auf seine Vergangenheit angespielt hatte, vorher in unserem ganzen Umgange nie. Ich habe auch nie gefragt, so wie ich später nicht fragte. Wer viel reiset, lernt schon die Menschen schonen, und läßt sie in dem inneren Haushalte ihres Lebens gewähren, der sich nicht aufschließt, wenn es nicht freiwillig ist. Ich war nun schon ziemlich lange auf Uwar, und war gerne da, weil ich an den Beschäftigungen des Ortes mit Aufmerksamkeit, und öfter auch mit wirklicher Thätigkeit Antheil nahm, und weil ich zu andern Zeiten an dem Tagebuche meiner Reisen und Erfahrungen weiter schrieb: aber das glaubte ich zu erkennen, daß in dem reinen beschäftigten Leben des Majors irgend ein Bodensatz liege, der es nicht zur völligen Abklärung kommen ließ, und mir war, als sei doch irgend eine Art Trauer da, die sich natürlich bei einem Manne nur durch Ruhe und Ernst ausdrückt.

Sonst war er in seinem Leben und in seinem Umgange mit mir sehr einfach, und von einer Zurückhaltung oder Verstellung war nicht im Geringsten die Rede. So stand auf dem Tische seines Schreibzimmers, in das ich sehr oft kam, und in dem wir an heißen Nachmittagen oder Abends bei der Kerze, wenn wir noch nicht schlafen gingen, von verschiedenen Dingen plauderten, ein Bild – es

war in schönem Goldrahmen das verkleinerte Bild eines Mädchens von vielleicht zwanzig – zwei und zwanzig Jahren – aber sonderbar war es, wie auch der Maler die Sache verschleiert haben mochte, es war nicht das Bild eines schönen, sondern eines häßlichen Mädchens – die dunkle Farbe des Angesichtes und der Bau der Stirne waren seltsam, aber es lag etwas, wie Stärke und Kraft darinnen, und der Blick war wild, wie bei einem entschlossenen Wesen. Daß dieses Mädchen etwa in seinem früheren Leben eine Rolle gespielt habe, wurde mir klar, und mir fiel der Gedanke ein, warum sich denn dieser Mensch nicht vermählt habe, so wie mir dieser Gedanke auch schon bei unserer italienischen Bekanntschaft gekommen war; aber nach meinen Grundsätzen hatte ich damals nicht gefragt, und fragte auch jetzt nicht. Er durfte freilich das Bild ruhig auf dem Tische stehen lassen; denn es kam niemand von seinen Leuten in das Schreibgemach, sondern sie mußten im Vorzimmer, wo ein Glöcklein beim Eintritte läutete, stehen bleiben, wenn ihm einer etwas zu sagen hatte. Auch von seinen Bekannten und von Besuchenden kam niemand in das Zimmer, da er sie immer in seiner anderen Wohnung empfing. Es war also schon ein Grad Vertraulichkeit, daß ich da hinein durfte, und alles besehen konnte, was da stand und lag. Diese Vertraulichkeit mochte ich wohl dem Umstande zu verdanken haben, daß ich nie forschte und grübelte.

Mittlerweile war die Erndte gekommen, und nie werde ich jener heitern vergnüglichen Zeit vergessen.

Der Major mußte unterdessen auch einige Male kleine Reisen in die Nachbarschaft machen, und lud mich dazu ein. In keinem Lande sind die Entfernungen zwischen den bewohnten Punkten oft so groß, wie hier, aber mit den schnellen Rossen legt man sie reitend, oder mit den leichten Wägen über die Haide fahrend, in verhältnißmäßig kurzer Zeit zurück. Einmal hatte der Major das enganliegende ungarische Volkskleid an, er war in großem Schmucke, mit dem Säbel an der Seite. Es stand ihm sehr wohl. Er hielt in einer Versammlung seiner Gespanschaft über gemeinsame Angelegenheiten eine ungarische Rede. Da es von jeher meine Gewohnheit war, in jedem Lande, in das ich kam, schnell so viel von der Sprache zu lernen, als mir nur immer möglich war, so hatte ich auch bereits von den Leuten des Majors, und allen, die mich umgaben, etwas ungarisch gelernt, daher verstand ich manches von der Rede, die bei

einem Theile heftige Bewunderung, bei dem andern heftigen Tadel hervor rief; im Nachhausefahren übersetzte er sie mir vollständig ins Deutsche. Nachmittag bei Tische sah ich ihn in jenem Tage im Fracke, wie einstens in Italien, so wie die meisten der Anwesenden ihre Volkskleidung abgelegt hatten, und in dem gemeinschaftlichen europäischen Fracke waren.

Auch zu anderen Besuchen, die er in der Nachbarschaft machte, hatte ich ihn begleitet. Hier erfuhr ich nun, daß vier solcher Sitze bestehen, wie der Major einen hatte. Man hatte vor einigen Jahren einen Bund geschlossen, den Landbau und die Hervorrufung der ursprünglichen Erzeugnisse dadurch zu heben, daß man dies zuerst in dem besten Maßstabe auf den eigenen Besitzungen thue, und so den andern mit einem Beispiele voran gehe, namentlich wenn sie sehen, daß Wohlhabenheit und besseres Leben sich aus dem Dinge entwickle. Der Bund hatte auch seine Gesetze, und die Beigetretenen hielten landwirthschaftliche Versammlungen. Außer diesen vier großen Musterhöfen, die eigentlich bis jetzt erst nur die einzigen Mitglieder des Bundes waren, hatten schon einige kleinere Besitzer angefangen, das Verfahren ihrer größeren Nachbarn nachzuahmen, ohne daß sie deßwegen eigentlich Glieder des Bundes waren. Zur Sitzung, aber nur als Zuhörer, oder gelegentlich als Rathfrager, durften alle Landwirthe und andere Menschen kommen, wenn sie sich nur vorher angemeldet hatten. Und sie nahmen nicht sparsam Theil, wie ich aus einer Versammlung abnahm, die vier Stunden Reitens von Uwar entfernt bei dem Mitgliede Gömör abgehalten wurde, wo von Mitgliedern nur der Major und Gömör, aber von Zuhörern eine ziemliche Menge war.

Ich bin nach der Hand noch zweimal ganz allein bei Gömör gewesen, und habe das letzte Mal sogar mehrere Tage bei ihm zugebracht.

Da die Erndte sich zu ihrem Ende neigte, und die Arbeiten etwas weniger wurden, sagte der Major eines Tages zu mir: »Weil wir jetzt ein wenig Muße bekommen werden, werden wir in der nächsten Woche zu meiner Nachbarin Brigitta Marosheli hinüber reiten, und ihr einen Besuch machen. Sie werden in meiner Nachbarin Marosheli das herrlichste Weib auf dieser Erde kennen lernen.«

Zwei Tage nach diesem Ausspruche stellte er mir Brigitta's Sohn vor, der zufällig herüber gekommen war. Es war dies derselbe junge Mann, der am ersten Tage meines Aufenthaltes in Uwar mit uns zu Mittag gespeist hatte, und der mir wegen seiner außerordentlichen Schönheit damals aufgefallen war. Er blieb schier den ganzen Tag bei uns, und war mit uns auf verschiedenen Punkten der Besitzungen. Er war, wie ich schon das erste Mal bemerkte, in den frühesten Jahren des Jünglings, kaum bei dem Uebergange vom Knaben zum Jünglinge, und er gefiel mir sehr wohl. Sein dunkles sanftes Auge sprach so schön zu mir, und wenn er zu Pferde saß, so kraftvoll und so demüthig: neigte sich mein ganzes Wesen zu ihm. Ich hatte einen Freund, der so war, und in den frühesten Jahren seiner Jugend in das kalte Grab mußte. Gustav, so hieß der Sohn Brigitta's, erinnerte mich lebhaft an ihn.

Seit der Major den Ausspruch über Brigitta gethan hatte, und seit ich ihren Sohn kannte, war ich sehr neugierig, sie nun auch persönlich zu sehen.

Ueber die Vergangenheit meines Gastfreundes, des Majors, hatte ich ein Weniges von Gömör, als ich bei ihm war, erfahren. Gömör ist, wie mancher seiner Freunde, die ich bei ihm kennen gelernt hatte, von offener freundlicher Zunge, und sagte mir unaufgefordert, was er wußte. Der Major sei nicht in der Gegend geboren. Er stamme von einer sehr reichen Familie. Er sei seit seiner Jugend fast immer auf Reisen gewesen, man wisse eigentlich nicht recht, wo, so wie man auch nicht wisse, in welchen Diensten er sich den Majorsrang verdient habe. Auf seiner Besitzung Uwar ist er in seinem ganzen früheren Leben nicht gewesen. Vor einigen Jahren kam er, machte sich in Uwar ansässig und schloß sich dem Bunde der

Landwirthschaftsfreunde an. Damals waren nur erst zwei Glieder des Bundes: er, Gömör, selber, und Brigitta Marosheli. Eigentlich war es kein Bund; denn die Zusammenkünfte und die Gesetze kamen erst später auf, sondern die zwei Nachbarn, er und Brigitta, haben einstimmig die bessere Bewirthschaftung ihrer Güter in dieser öden Gegend begonnen. Im Grunde sei es Brigitta gewesen, welche den Anfang gemacht habe. Weil sie eher unschön als angenehm zu nennen sei, so habe sie ihr Gatte, ein junger leichtsinniger Mensch, dem sie in ihren jüngeren Jahren angetraut worden war, verlassen, und sei nicht wieder gekommen. Damals erschien sie mit ihrem Kinde auf ihrem Sitze Marosheli, habe wie ein Mann umzuändern und zu wirthschaften begonnen, und sei bis jetzt noch gekleidet und reite, wie ein Mann. Sie halte ihre Dienerschaft zusammen, sei thätig, und wirthschafte vom Morgen bis in die Nacht. Man könne hier sehen, was unausgesetzte Arbeit vermöge; denn sie habe auf dem Steinfelde fast Wunder gewirkt. Er sei, als er sie kennen gelernt habe, ihr Nachahmer geworden, und habe ihre Art und Weise auf seiner Besitzung eingeführt. Bis jetzt habe er es nicht bereut. Der Major sei Anfangs, da er sich in Uwar niedergelassen hatte, mehrere Jahre nicht zu ihr hinüber gekommen. Dann sei sie einmal todtkrank geworden: da sei er zu ihr über die Haide geritten, und habe sie gesund gemacht. Von der Zeit an kam er dann immer zu ihr. Die Leute sagten damals, er habe die Heilkräfte des Magnetismus angewendet, deren er theilhaftig sei, aber niemand weiß eigentlich in der Sache etwas Rechtes zu sagen. Es hat sich ein ungewöhnlich inniges und freundschaftliches Band entwickelt – der höchsten Freundschaft sei das Weib auch würdig – aber ob die Leidenschaft, die der Major zu der häßlichen und bereits auch alternden Brigitta gefaßt habe, natürlich sei, das sei eine andere Frage – und Leidenschaft sei es ganz gewiß, das erkenne ein jeder, der hinüber komme. Der Major würde gewiß Brigitta heirathen, wenn er könnte – er gräme sich offenbar tief, daß er es nicht könne; aber weil man von ihrem angetrauten Manne nichts wisse, so könne kein Todtenschein und kein Trennungsschein herbei gebracht werden. Es spreche diese Thatsache recht sehr zu Gunsten Brigitta's, und verurtheile ihren Gemahl, der einst so leichtsinnig von ihr gegangen sei, während nun ein so ernster Mann sich sehne, sie zu besitzen.

Diese Dinge hatte mir Gömör über den Major und Brigitta gesagt, und ich kam noch ein paar Male mit Gustav, ihrem Sohne, bei Gelegenheit eines Besuches, den wir bei Nachbarn machten, zusammen, ehe der Tag erschien, der bestimmt war, daß wir zu seiner Mutter hinüber reiten sollten.

Am Vorabende dieses Tages, da schon das tausendstimmige Zirpen der abendlichen Haidegrillen in meine schlaftrunkenen Ohren fiel, dachte ich noch an sie. Dann träumte mir allerlei von ihr, vorzüglich kam ich von dem Traume nicht los, daß ich auf der Haide vor der seltsamen Reiterin stehe, die mir damals die Pferde mitgegeben hatte, daß sie mich mit schönen Augen banne, daß ich immer stehen müsse, daß ich keinen Fuß heben könne, und daß ich alle Tage meines Lebens nicht mehr von dem Flecke der Haide weg zu kommen vermöge. Dann schlief ich fest ein, erwachte des andern Tages frisch und gestärkt, die Pferde wurden vorgeführt, und ich freute mich, nun die auch von Angesicht zu Angesicht zu sehen, die heute so vielfach im Traume bei mir gewesen war.

3.

Steppenvergangenheit.

Ehe ich entwickle, wie wir nach Marosheli geritten sind, wie ich Brigitta kennen gelernt habe, und wie ich noch recht oft auf ihrem Gute gewesen bin, ist es nöthig, daß ich einen Theil ihres früheren Lebens erzähle, ohne den das Folgende nicht verständlich wäre. Wie ich zu so tief gehender Kenntniß der Zustände, die hier geschildert werden, gelangen konnte, wird sich aus meinen Verhältnissen zu dem Major und zu Brigitta ergeben, und am Ende dieser Geschichte von selbst klar werden, ohne daß ich nöthig hätte, vor der Zeit zu enthüllen, was ich auch nicht vor der Zeit, sondern durch die natürliche Entwicklung der Dinge erfuhr.

Es liegt im menschlichen Geschlechte das wundervolle Ding der Schönheit. Wir alle sind gezogen von der Süßigkeit der Erscheinung, und können nicht immer sagen, wo das Holde liegt. Es ist im Weltall, es ist in einem Auge, dann ist es wieder nicht in Zügen, die nach jeder Regel der Verständigen gebildet sind. Oft wird die Schönheit nicht gesehen, weil sie in der Wüste ist, oder weil das rechte Auge nicht gekommen ist – oft wird sie angebetet und vergöttert, und ist nicht da: aber fehlen darf sie nirgends, wo ein Herz in Inbrunst und Entzücken schlägt, oder wo zwei Seelen an einander glühen; denn sonst steht das Herz stille, und die Liebe der Seelen ist todt. Aus welchem Boden aber diese Blume bricht, ist in tausend Fällen tausendmal anders; wenn sie aber da ist, darf man ihr jede Stelle des Keimens nehmen, und sie bricht doch an einer andern hervor, wo man es gar nicht geahnet hatte. Es ist nur dem Menschen eigen, und adelt nur den Menschen, daß er vor ihr kniet – und alles, was sich in dem Leben lohnt und preiset, gießt sie allein in das zitternde beseligte Herz. Es ist traurig für einen, der sie nicht hat, oder nicht kennt, oder an dem sie kein fremdes Auge finden kann. Selbst das Herz der Mutter wendet sich von dem Kinde ab, wenn sie nicht mehr, ob auch nur einen einzigen Schimmer dieses Strahles an ihm zu entdecken vermag.

So war es mit dem Kinde Brigitta geschehen. Als es geboren ward, zeigte es sich nicht als der schöne Engel, als der das Kind gewöhnlich der Mutter erscheint. Später lag es in dem schönen goldenen Prunkbettchen in den schneeweißen Linnen mit einem nicht angenehmen verdüsterten Gesichtchen, gleichsam als hätte es ein Dämon angehaucht. Die Mutter wandte, von sich selber unbemerkt, das Auge ab, und heftete es auf zwei kleine schöne Engel, die auf dem reichen Teppiche des Bodens spielten. Wenn fremde Leute kamen, tadelten sie das Kind nicht, lobten es nicht, und fragten nach den Schwestern. So wurde es immer größer. Der Vater ging öfter durch das Zimmer nach seinen Geschäften, und wenn die Mutter wohl manchmal gleichsam aus verzweiflungsvoller Brünstigkeit die andern Kinder herzte, sah sie nicht das starre schwarze Auge Brigitta's, das sich hin heftete, als verstünde das winzige Kind schon die Kränkung. Wenn sie weinte, half man ihrem Bedürfnisse ab; weinte sie nicht, ließ man sie ruhig liegen, alle hatten für sich zu thun, und sie richtete die großen Augen auf die Vergoldung des Bettchens, oder auf die Schnörkel der Wandtapeten. Da die Glieder stark geworden waren, und ihre Wohnung nicht mehr in dem engen Bettchen bestand, saß sie in einem Winkel, spielte mit Steinchen, und sagte Laute, die sie von niemanden gehört hatte. Als sie in ihren Spielen vorrückte und behender ward, verdrehte sie oft die großen wilden Augen, wie Knaben thun, die innerlich bereits dunkle Thaten spielen. Auf die Schwestern schlug sie, wenn sie sich in ihre Spiele einmischen wollten – und wenn jetzt die Mutter in einer Anwandlung verspäteter Liebe und Barmherzigkeit das kleine Wesen in die Arme schloß, und mit Thränen benetzte, so zeigte dasselbe keineswegs Freude, sondern weinte, und wand sich aus den umfassenden Händen. Die Mutter aber wurde dadurch noch mehr zugleich liebend und erbittert, weil sie nicht wußte, daß die kleinen Würzlein, als sie einst den warmen Boden der Mutterliebe suchten und nicht fanden, in den Fels des eigenen Herzens schlagen mußten, und da trotzen.

So ward die Wüste immer größer.

Als die Kinder empor wuchsen und schöne Kleider ins Haus kamen, waren jene Brigitta's immer recht, die der Schwestern wurden mannigfach geändert, bis sie paßten. Die andern bekamen Verhaltungsregeln und Lob, sie nicht einmal Tadel, wenn sie auch ihr

Kleidchen beschmutzt oder zerdrückt hatte. Da das Lernen kam, und die Stunden des Vormittags ausgefüllt waren, saß sie unten an, und starrte mit dem einzigen Schönen, das sie hatte, mit den in der That schönen düstern Augen auf die Ecke des fernen Buches, oder der Landkarte; und wenn der Lehrer eine seltene rasche Frage an sie that, erschrak sie, und wußte keine Antwort. Aber an langen Abenden, oder sonst, wenn man im Gesellschaftszimmer saß und sie nicht vermißte, lag sie auf der Erde über durcheinander geworfenen Büchern oder über Bildern und zerrissenen Karten, die die andern nicht mehr brauchten. Sie mochte eine fantastische verstümmelte Welt in ihr Herz hinein brüten. Sie hatte von den Büchern ihres Vaters, da der Schlüssel immer stak, beinahe die Hälfte gelesen, ohne daß man es ahnte. Darunter waren die meisten, die sie nicht verstehen konnte. In der Wohnung fand man oft Papiere, auf denen seltsame wilde Dinge gezeichnet waren, die von ihr sein mußten.

Als die Mädchen in das Jungfrauenalter getreten waren, stand sie wie eine fremde Pflanze unter ihnen. Die Schwestern waren weich und schön geworden, sie blos schlank und stark. In ihrem Körper war fast Manneskraft, was sich dadurch erwies, daß sie eine Schwester, wenn sie ihr Tändeleien sagen oder sie liebkosen wollte, mit dem schlanken Arme blos ruhig weg bog, oder daß sie, wie sie gerne that, Hand an knechtliche Arbeit legte, bis ihr die Tropfen auf der Stirne standen. Musik machen lernte sie nicht, aber sie ritt gut und kühn, wie ein Mann, lag oft mit dem schönsten Kleide auf dem Rasen des Gartens, und that halbe Reden und Ausrufungen in das Laub der Büsche. Nun kam es auch, daß der Vater begann, ihr Ermahnungen über ihr störriges und stummes Wesen zu geben. Dann, wenn sie auch eben redete, hörte sie plötzlich auf, wurde noch stummer und noch störriger. Es half nichts, daß ihr die Mutter Zeichen gab, und zur Kundgebung ihres Unmuthes in bitterer Rathlosigkeit die Hände rang. Das Mädchen redete nicht. Als sich der Vater einmal so weit vergaß, daß er sie, die Erwachsene, weil sie durchaus nicht in das Gesellschaftszimmer gehen wollte, körperlich strafte, sah sie ihn blos mit den heißen trockenen Augen an, und ging doch nicht hinüber, er hätte ihr thun können, was er wollte.

Wenn nur einer gewesen wäre, für die verhüllte Seele ein Auge zu haben, und ihre Schönheit zu sehen, daß sie sich nicht verachte. –

Aber es war keiner: die andern konnten es nicht, und sie konnte es auch nicht.

Ihr Vater lebte in der Hauptstadt, wie es überhaupt seine Gewohnheit war, und gab sich einem glänzenden Wohlleben hin. Als seine Mädchen herangewachsen waren, verbreitete sich der Ruf ihrer Schönheit durch das Land, viele kamen herbei, sie zu sehen, und die Versammlungen und Gesellschaften in dem Hause wurden noch zahlreicher und belebter, als sie es bisher gewesen waren. Manches Herz schlug heftig und trachtete nach dem Besitze der Kleinode, welche dieses Haus beherbergte – aber die Kleinode achteten nicht darauf, oder sie waren noch zu jung, solche Huldigungen zu verstehen. Desto mehr gaben sie sich den Vergnügungen hin, die solche Gesellschaften mit sich führten, und ein Putzkleid oder die Anordnung eines Festes konnte sie Tage lang auf das Ergreifendste und Innigste beschäftigen. Brigitta, als die Jüngste, wurde nicht gefragt, als verstünde sie die Sache nicht. Sie war manchmal in den Versammlungen gegenwärtig, und dann trug sie immer ein weites, schwarzseidenes Kleid, das sie sich selber zusammen gemacht hatte – oder sie mied dieselben, saß indessen auf ihrem Zimmer, und man wußte nicht, was sie dort that.

So gingen ein paar Jahre hin.

Gegen Ende derselben erschien ein Mann in der Hauptstadt, der in den verschiedenen Kreisen derselben Aufsehen erregte. Er hieß Stephan Murai. Sein Vater hatte ihn auf dem Lande auferzogen, um ihn für das Leben vorzubereiten. Als seine Erziehung vollendet war, mußte er zuerst Reisen machen, und dann sollte er die gewählte Gesellschaft seines Vaterlandes kennen lernen. Dies war die Ursache, daß er in die Hauptstadt kam. Hier wurde er bald der fast einzige Gegenstand der Gespräche. Einige rühmten seinen Verstand, andere sein Benehmen und seine Bescheidenheit, wieder andere sagten, daß sie nie etwas so schönes gesehen hätten, als diesen Mann. Mehrere behaupteten, er sei ein Genie, und wie es an Verläumdungen und Nachreden auch nicht fehlte, sagten manche, daß er etwas Wildes und Scheues an sich habe, und daß man es ihm ansehe, daß er in dem Walde auferzogen worden sei. Einige meinten auch, er besitze Stolz, und wenn es darauf ankomme, gewiß auch Falschheit. Manches Mädchenherz war im Mindesten doch

neugierig, ihn einmal erblicken zu können. Brigitta's Vater kannte die Familie des neuen Ankömmlings sehr gut, er war in früheren Jahren, da er noch Ausflüge machte, öfter auf ihre Besitzungen gekommen, und war nur später, da er immer in der Hauptstadt lebte und sie nie, mit ihr außer Berührung gerathen. Da er sich um den Stand der Güter, der einst ein vortrefflicher gewesen war, erkundigte, und erfuhr, daß derselbe jetzt noch bedeutend besser sei, und bei der einfachen Lebensweise der Familie sich noch immer verbessere: dachte er, wenn der Mann sonst auch noch in seinem Wesen nach seinem Sinne wäre, so könnte er einen erwünschten Bräutigam für eine seiner Töchter abgeben. Da aber dasselbe mehrere Väter und Mütter dachten, so beeilte sich Brigitta's Vater, ihnen den Vorsprung abzugewinnen. Er lud den jungen Mann in sein Haus, dieser sagte zu, und war schon mehrere Male in einer Abendgesellschaft desselben gewesen. Brigitta hatte ihn nicht gesehen, weil sie gerade in jener Zeit schon seit länger her nicht in das Gesellschaftszimmer gekommen war.

Einmal ging sie zu ihrem Oheime, der eine Art Fest veranstaltet und sie dazu geladen hatte. Sie war auch schon in früheren Zeiten manchmal nicht ungern zu der Familie des Oheims gegangen. An jenem Abende saß sie in ihrem gewöhnlichen schwarzseidenen Kleide da. Um das Haupt hatte sie einen Kopfputz, den sie selber gemacht hatte, und den ihre Schwestern häßlich nannten. Wenigstens war es in der ganzen Stadt nicht Sitte, einen solchen zu tragen, aber er stand zu ihrer dunklen Farbe sehr gut.

Es waren viele Menschen zugegen, und da sie einmal durch eine Gruppe derselben hindurch blickte, sah sie zwei dunkle sanfte Jünglingsaugen auf sie geheftet. Sie blickte gleich wieder weg. Da sie später noch einmal hin schaute, sah sie, daß die Augen wieder gegen sie gerichtet gewesen seien. Es war Stephan Murai, der sie angeblickt hatte.

Ungefähr acht Tage darnach wurde bei ihrem Vater getanzt. Murai war auch geladen, und kam, da schon die meisten zugegen waren, und der Tanz bereits begonnen hatte. Er schaute zu, und da man sich zum zweiten Tanze zusammengestellt hatte, ging er gegen Brigitta hin, und bat sie mit bescheidener Stimme um einen Tanz. Sie sagte, daß sie nie tanzen gelernt habe. Er verbeugte sich und mischte sich wieder unter die Zuschauer. Später sah man ihn tanzen. Brigitta setzte sich hinter einem Tische auf ein Sopha und sah dem Treiben zu. Murai sprach mit verschiedenen Mädchen, tanzte und scherzte mit ihnen. Er war an diesem Abende besonders lieb und verbindlich gewesen. Endlich war die Unterhaltung aus, man zerstreute sich nach allen Richtungen, um seine Behausung zu suchen. Als Brigitta in ihr Schlafgemach gekommen war, das sie mit vielen Bitten und Trotzen ihren Eltern abgerungen hatte, daß sie es allein bewohnen durfte, und als sie sich dort entkleidete, schoß sie im Vorbeistreifen einen Blick in den Spiegel, und sah die braune Stirne durch denselben gleiten, und die rabenschwarze Locke, die sich um die Stirne schlang. Dann ging sie, da sie weder beim Anziehen noch beim Ausziehen ein Dienstmädchen um sich litt, gegen ihr Bett, deckte es selber ab, schlug die schneeweißen Linnen von ihrem Lager, das sie sich immer sehr hart machen ließ, zurück, legte sich darauf, that den schlanken Arm unter ihr Haupt, und schaute mit den schlaflosen Augen gegen die Decke des Zimmers.

Als nun in der Folge öfters Gesellschaften waren, und Brigitta denselben beiwohnte, wurde sie wieder von Murai bemerkt, sie wurde von ihm sehr ehrfurchtsvoll gegrüßt, und wenn sie ging, brachte er ihr das Tuch, und wenn sie fort war, hörte man auch gleich darauf seinen Wagen unten rollen, der ihn nach Hause führte.

Dies dauerte längere Zeit.

Einmal war sie wieder bei dem Oheime, und da sie wegen der großen Hitze, die in dem Saale herrschte, auf den Balkon, dessen Thüren immer offen standen, hinaus getreten war, und dichte Nacht um sie lag: vernahm sie seinen Tritt zu ihr, und sah dann auch in der Dunkelheit, daß er sich neben sie stellte. Er sprach nichts, als gewöhnliche Dinge, aber wenn man auf seine Stimme horchte, so war es, als sei etwas Furchtsames in derselben. Er lobte die Nacht, und sagte, daß man ihr Unrecht thue, wenn man sie schelte, da sie doch so schön und milde sei, sie allein umhülle, sänftige und beruhige das Herz. Dann schwieg er, und sie schwieg auch. Als sie wieder in das Zimmer getreten war, ging er auch hinein, und stand lange an einem Fenster.

Da Brigitta in dieser Nacht zu Hause angelangt war, da sie sich in ihr Zimmer begeben hatte, und den Putzflitter Stück um Stück von dem Leibe nahm, trat sie im Nachtgewande vor den Spiegel, und sah lange, lange hinein. Es kamen ihr Thränen in die Augen, die nicht versiegten, sondern mehreren Platz machten, die hervor drangen und herab rannen. Es waren die ersten Seelenthränen in ihrem ganzen Leben gewesen. Sie weinte immer mehr und immer heftiger, es war, als müßte sie das ganze versäumte Leben nachholen, und als müßte ihr um vieles leichter werden, wenn sie das Herz heraus geweint hätte. Sie war in die Knie gesunken, wie sie es öfters zu thun gewohnt war, und saß auf ihren eigenen Füßen. Auf dem Boden neben ihr lag zufällig ein Bildchen, es war ein Kinderbildchen, auf dem dargestellt war, wie sich ein Bruder für den andern opfere. Dieses Bildchen drückte sie an ihre Lippen, daß es zerknittert und naß wurde.

Da endlich die Quellen nachgelassen hatten, und die Kerzen herab gebrannt waren, saß sie noch auf der Erde vor dem Spiegeltische, gleichsam wie ein ausgeweintes Kind und sann. Es lagen die Hände

in dem Schooße, die Schleifen und Krausen des Nachtgewandes waren feucht, und hingen ohne Schönheit um den keuschen Busen. Sie ward stiller und unbeweglicher. Endlich schöpfte sie ein paar Mal frischen Athem, fuhr mit der flachen Hand über die Augenwimpern und ging zu Bette. Als sie lag, und die Nachtlampe, die sie nach ausgelöschten Kerzen hinter einen kleinen Schirm gestellt hatte, düster brannte, sagte sie noch die Worte: »Es ist ja nicht möglich, es ist ja nicht möglich!«

Dann entschlummerte sie.

Als sie in der Zukunft wieder mit Murai zusammen kam, war es, wie früher: er zeichnete sie nur noch mehr aus, aber sonst war sein Benehmen scheu, fast zaghaft. Er redete beinahe nichts mit ihr. Sie selber that ihm keinen einzigen, auch nicht den kleinsten Schritt entgegen.

Als sich nach einiger Zeit wieder einmal eine Gelegenheit ergab, mit ihr allein zu sprechen, deren manche früher schon ungenützt vorüber gegangen waren, nahm er sich den Muth, er redete sie an und sagte, daß ihm erscheine, daß sie ihm abgeneigt sei – und wenn dies so wäre, so habe er die einzige Bitte, sie möchte ihn doch kennen lernen, vielleicht sei er doch ihrer Aufmerksamkeit nicht ganz unwerth, vielleicht habe er Eigenschaften, oder könne sich dieselben erwerben, die ihm ihre Hochachtung gewännen, wenn auch nichts, das er noch heiliger wünschte.

»Nicht abgeneigt, Murai,« antwortete sie, »o nein, nicht abgeneigt; aber ich habe auch eine Bitte an Sie: thun Sie es nicht, thun Sie es nicht, werben Sie nicht um mich, Sie würden es bereuen.«

»Warum denn, Brigitta, warum denn?«

»Weil ich,« antwortete sie leise, »keine andere Liebe fordern kann, als die allerhöchste. Ich weiß, daß ich häßlich bin, darum würde ich eine höhere Liebe fordern, als das schönste Mädchen dieser Erde. Ich weiß es nicht, wie hoch, aber mir ist, als sollte sie ohne Maß und Ende sein. Seh'n Sie – da nun dies unmöglich ist, so werben Sie nicht um mich. Sie sind der Einzige, der darnach fragte, ob ich auch ein Herz habe, gegen Sie kann ich nicht falsch sein.«

Sie hätte vielleicht noch mehr gesagt, wenn nicht Leute herzu gekommen wären; aber ihre Lippe bebte vor Schmerz.

Daß Murai's Herz durch diese Worte nicht beschwichtigt, sondern nur noch mehr entflammt wurde, begreift sich. Wie einen Engel des Lichtes verehrte er sie, er blieb zurück gezogen, sein Auge ging an den größten Schönheiten, die ihn umringten, vorüber, das ihre mit sanfter Bitte zu suchen. So war es unabänderlich fort. Auch an ihr begann nun die dunkle Macht und die Größe des Gefühles in der verarmten Seele zu zittern. An beiden erschien es offen. Die Umgebungen begannen das Unglaubliche zu ahnen, und man erstaunte unverhohlen. Murai legte seine Seele entschieden vor dem Angesichte aller Welt dar. Eines Tages, in einem einsamen Zimmer, da die Musik, zu deren Anhörung man zusammen gekommen war, von ferne her erscholl, da er vor ihr stand und nichts redete, da er ihre Hand faßte, sie sanft gegen sich ziehend, widerstand sie nicht, und da er sein Angesicht immer mehr gegen sie neigte, und sie seine Lippen plötzlich auf den ihrigen empfand, drückte sie süß entgegen. Sie hatte noch nie einen Kuß gefühlt, da sie selbst von ihrer Mutter und ihren Schwestern nie geküßt worden war – und Murai hat nach vielen Jahren einmal gesagt, daß er nie mehr eine solche reine Freude erlebt habe, als damals, da er zum ersten Male diese vereinsamten unberührten Lippen auf seinem Munde empfand.

Der Vorhang zwischen den Beiden war nun zerrissen, und das Schicksal ging seine Wege. In wenigen Tagen war Brigitta die erklärte Braut des gefeierten Mannes, die Eltern beider Theile hatten eingewilligt. Es wurde nun ein freundlicher Umgang. Aus dem tiefen Herzen des bisher unbekannten Mädchens ging ein warmes Dasein hervor, Anfangs unscheinbar und unbedeutend, dann in reicher heiterer Entwicklung. Der Instinkt, der den Mann an dieses Weib gezogen, hatte ihn nicht getäuscht. Sie war stark und keusch, wie kein anderes Weib. Weil sie ihr Herz nicht durch Liebesgedanken und Liebesbilder vor der Zeit entkräftet hatte, wehte der Odem eines ungeschwächten Lebens in seine Seele. Auch ihr Umgang war reizend. Weil sie stets allein gewesen war, hatte sie auch allein ihre Welt gebaut, und er wurde in ein neues, merkwürdiges, nur ihr angehörendes Reich eingeführt. Wie sich dann ihr Wesen vor ihm entfaltete, erkannte er zu allem dem noch ihr inniges und heißes

Lieben, das wie ein goldner Strom in vollen Ufern quoll, in vollen, aber auch in einsamen; denn wie das Herz der andern Menschen zwischen eine halbe Welt getheilt ist, war das ihre beisammen geblieben, und da es nur ein Einziger erkannt hat, war es nun auch Eigenthum dieses Einzigen. Er lebte so in Freude und Gehobenheit die Tage des Brautstandes durch.

Es ging die Zeit mit rosenfarbnen Flügeln, und in ihr das Geschick mit seinen dunkeln Schwingen.

Der Vermählungstag war endlich gekommen. Murai hatte seine schweigende Braut, da die heilige Handlung vorüber war, auf der Schwelle der Kirche in die Arme geschlossen, sie dann in seinen Wagen gehoben, und in seine Wohnung geführt, die er, da die jungen Leute beschlossen hatten, in der Stadt zu bleiben, aus dem Reichthume seines Vaters, der ihm alles Ersparte zur Verfügung stellte, auf das Schönste und Glänzendste hatte einrichten lassen. Murai's Vater war zur Vermählung von seinem Landsitze, den er zum bleibenden Aufenthaltsorte gewählt hatte, herein gekommen. Seine Mutter konnte leider die Freude nicht theilen; denn sie war schon längst gestorben. Von Seite der Braut waren Vater und Mutter, dann die Schwestern, der Oheim und mehrere nahe Verwandte zugegen. Murai, so wie Brigitta's Vater, hatte gewollt, daß der Tag öffentlich und mit großem Glanze gefeiert werde, und so war er auch vorüber gegangen.

Als sich endlich die letzten Gäste entfernt hatten, führte Murai seine Gattin durch eine Reihe beleuchteter Zimmer, da sie sich bisher immer mit einem hatte begnügen müssen, bis in das Wohngemach zurück. Dort saßen sie noch, und er sagte die Worte: »Wie gut und herrlich ist alles abgegangen, und wie schön hat es sich erfüllt. Brigitta! Ich habe dich erkannt. Da ich dich das erste Mal sah, wußte ich schon, daß mir dieses Weib nicht gleichgültig bleiben werde; aber ich erkannte noch nicht, werde ich dich unendlich lieben oder unendlich hassen müssen. Wie glücklich ist es gekommen, daß es die Liebe ward!«

Brigitta sagte nichts, sie hielt ihn an der Hand, und ließ die glänzenden Augen in sanfter Ruhe durch das Zimmer blicken.

Dann befahlen sie, daß die Reste des Festes weggeräumt würden, daß die Menge der überflüssigen Lichter ausgethan, und die Fest-

gemächer eine gewöhnliche Wohnung würden. Dies geschah; die Diener begaben sich in ihre Zimmer, und auf die neue Wohnung und auf die neue Familie, die aus zweien bestand, und erst einige Stunden alt war, senkte sich die erste Nacht hernieder.

Von nun an lebten sie in ihrer Wohnung fort. So wie sie, da sie sich kennen gelernt hatten, nur in Gesellschaften zusammen getroffen waren, und so wie sie im Brautstande nur immer öffentlich erschienen waren, so blieben sie nun immer zu Hause. Sie dachten nicht, daß etwas Aeußerliches zu ihrem Glücke erforderlich sei. Obgleich die Wohnung im Allgemeinen mit allem versehen war, was ihr nur immer noth that, so blieb doch im Einzelnen noch so vieles zu verbessern und zu verschönern übrig. Sie klügelten dieses heraus, sie überlegten, was man dort und da noch anbringen könnte, gingen einander mit Rath und That an die Hand, daß sich der Raum immer mehr und mehr und reiner ordnete, und die Eintretenden mit klarer Wohnlichkeit und einfacher Schönheit empfing.

Ueber Jahresfrist gebar sie ihm einen Sohn, und dieses neue Wunder hielt sie wieder und noch mehr zu Hause. Brigitta pflegte ihr Kind, Murai versah seine Geschäfte; denn der Vater hatte ihm einen Theil der Güter abgetreten, und diese verwaltete er von der Stadt aus. Dies machte manche Umwege nöthig, und häufte manche Dinge, die sonst zu entrathen gewesen wären.

Als der Knabe so weit entwickelt war, daß unmittelbare Pflege nicht gar so sehr mehr noth that, als Murai seine Geschäfte schon geordnet und in einen gleichen Gang gebracht hatte, fing er an, seine Gattin häufiger auf öffentliche Plätze, in Gesellschaften, auf Spaziergänge, in das Schauspiel zu führen, als er es sonst zu thun gewohnt war. Hiebei bemerkte sie, daß er sie vor Leuten noch zarter und noch aufmerksamer behandle, als selber zu Hause.

Sie dachte: »Jetzt weiß er, was mir fehlt,« und hielt das erstickende Herz an sich.

Im nächsten Frühlinge nahm er sie und sein Kind auf eine Reise mit, und da sie gegen den Herbst zurück kamen, schlug er vor, lieber für beständig auf dem Lande, auf einem seiner Güter zu wohnen; denn auf dem Lande sei es doch viel schöner und viel annehmlicher, als in der Stadt.

Brigitta folgte ihm auf das Landgut.

Hier fing er an zu wirthschaften und umzuändern, und den Rest der Zeit, der ihm übrig war, zum Jagen zu verwenden. Und hier führte ihm das Schicksal ein ganz anderes Weib entgegen, als er es immer zu sehen gewohnt war. Auf einer der einsamen Jagden, die er jetzt häufig that, wo er nemlich mit seiner Büchse allein durch die Gegend ging oder ritt, hatte er sie erblickt. Als er einmal sein Pferd langsam durch einen Weidebruch ein wenig abwärts leitete, hatte er plötzlich durch das dichte Gebüsch her zwei Augen gegenüber, erschrocken und schön, wie die einer fremdländischen Gazelle, und neben den grünen Blättern hatte das süßeste Morgenroth der Wangen geglüht. Es war nur ein Augenblick; denn ehe er recht hin sehen konnte, hatte das Wesen, das ebenfalls zu Pferde war, und in dem Gebüsche stand, das Pferd gewendet und flog über die Ebene zwischen den leichten Büschen davon.

Es war Gabriele gewesen, die Tochter eines greisen Grafen, der in der Nachbarschaft wohnte, ein wildes Geschöpf, das ihr Vater auf dem Lande erzog, wo er ihr alle und jede Freiheit ließ, weil er meinte, daß sie sich nur so am naturgemäßesten entfalte, und nicht zu einer Puppe gerathe, wie er sie nicht leiden konnte. Die Schönheit dieser Gabriele war schon weithin berühmt geworden, nur zu Murai's Ohren war der Ruf noch nicht gedrungen, weil er bisher nie auf diesem seinem Landgute gewesen war, und in letzter Zeit sich auf seiner großen Reise befunden hatte.

Nach mehreren Tagen trafen die Beiden schier auf derselben Stelle wieder zusammen, und dann öfter und öfter. Sie fragten nicht, wer und woher sie seien, sondern das Mädchen, gleichsam ein Abgrund von Unbefangenheit, scherzte, lachte, neckte ihn, und trieb ihn meistens zu kühnen übermüthigen Wettreiten an, wo sie, wie ein himmlisches tolles, glühendes Räthsel neben ihm her flog. Er scherzte mit, und ließ sie meistens siegen. Eines Tages aber, als sie vor Erschöpfung athemlos, nur durch wiederholtes Haschen nach seinem Zügel andeuten konnte, daß sie wolle, daß er halten solle, und als sie beim Herabheben vom Pferde schmachtend geflüstert hatte, sie sei besiegt – damals, nachdem er ihren Steigbügelriemen, an dem etwas gebrochen war, wieder hergestellt hatte, und sie nun verglühend an einem Baumstamme stehen sah – riß er sie plötzlich

an sich, preßte sie an sein Herz, und ehe er sehen konnte, ob sie zürne oder frohlocke, sprang er auf sein Pferd und jagte davon. – Es war Uebermuth gewesen, aber ein Taumel unbeschreiblichen Entzückens war in jenem Augenblicke in ihm, und vor seiner Seele, wie er heim ritt, hing das Bild der sanften Wange, des süßen Athems, und der spiegelnden Augen.

Sie hatten sich von da an nicht mehr gesucht, aber da sie sich einmal zufällig auf einen Augenblick in dem Saale eines Nachbars sahen, wurden beider Wangen von einem tiefen Scharlache übergossen.

Murai ging dann auf eine seiner ferneren Besitzungen, und änderte dort alle Verhältnisse um, die er vorfand.

Brigitta's Herz aber war zu Ende. Es war ein Weltball von Scham in ihrem Busen empor gewachsen, wie sie so schwieg, und wie eine schattende Wolke in den Räumen des Hauses herum ging. Aber endlich nahm sie das aufgequollne schreiende Herz gleichsam in ihre Hand, und zerdrückte es.

Als er von seinen Umänderungen auf dem entfernten Landgute zurück kam, ging sie in sein Zimmer, und trug ihm mit sanften Worten die Scheidung an. Da er heftig erschrak, da er sie bath, da er ihr Vorstellungen machte, sie aber immer dieselben Worte sagte: »Ich habe es dir gesagt, daß es dich reuen wird, ich habe es dir gesagt, daß es dich reuen wird,« – sprang er auf, nahm sie bei der Hand, und sagte mit inniger Stimme: »Weib, ich hasse dich unaussprechlich, ich hasse dich unaussprechlich!«

Sie sagte kein Wort, sondern sah ihn blos mit den trockenen, entzündeten Augen an – aber als er nach drei Tagen seine Reisekoffer gepackt und fortgeschickt hatte – als er nun selber in Reisekleidern gegen Abend fortgeritten war: so lag sie, wie einst, da sie die Dichtungen ihres Herzens den Büschen des Gartens zugerufen hatte, auch jetzt vor Schmerz auf dem Teppiche ihres Zimmerbodens, und so heiße Tropfen rannen aus ihren Augen, als müssen sie ihr Gewand, den Teppich und das Getäfel des Bodens durchbrennen – es waren die letzten, die sie dem noch immer Heißgeliebten nach sandte, dann keine mehr. Er ritt indessen auf der finstern Ebene, und hatte hundertmal im Sinne, sich mit der Sattelpistole das siedende Gehirn zu zerschmettern. Er war bei seinem Ritte, da es noch

Tag war, an Gabrielen vorüber gekommen, sie stand auf dem Balkon ihres Schlosses, aber er hatte nicht hinauf gesehen und war weiter geritten.

Nach einem halben Jahre sandte er die Einwilligung zur Scheidung, und trat ihr auch den Knaben ab, war es nun, daß er ihn in ihren Händen besser aufgehoben meinte, war es noch die alte Liebe, die ihr nicht alles rauben wollte, ihr, die nun ganz allein sei, während ihm die weite Welt vor Augen lag. In Bezug auf das Vermögen hatte er für sie und den Knaben am günstigsten gesorgt, wie es nur immer möglich war. Er sandte die Papiere, die diese Sache enthielten, mit. Dies war das erste und letzte Zeichen, das Murai von seinem Dasein gegeben hatte, nachher kam keines mehr, und er erschien auch nicht wieder. Die Summen, die er brauchte, waren an ein Antwerpner Haus angewiesen. Dies sagte später sein Verwalter, mehr wußte der auch nicht.

Um diese Zeit waren kurz nacheinander Brigitta's Vater, ihre Mutter und die beiden Schwestern gestorben. Murai's Vater, der ohnedem schon sehr alt war, starb auch in kurzer Zeit darnach.

So war Brigitta im strengen Sinne des Wortes ganz allein mit ihrem Kinde.

Sie hatte sehr weit von der Hauptstadt ein Haus auf einer öden Haide, wo sie niemand kannte. Das Gut hieß Marosheli, woher auch der Name der Familie stammte. Nach der Scheidung nahm sie ihren ursprünglichen Namen Marosheli wieder an, und begab sich in das Haidehaus, um sich dort zu verbergen.

So wie sie einstens, wenn man ihr wohl aus Mitleiden eine schöne Puppe gegeben hatte, dieselbe nach kurzer Freude wieder weg warf, und schlechte Dinge in ihr Bettchen trug, als Steine, Hölzchen und dergleichen: so nahm sie jetzt auch ihr größtes Gut, das sie hatte, nach Marosheli mit, ihren Sohn, pflegte und hüthete ihn, und ihr Auge hing einzig und allein über dem Bettchen desselben.

Wie er größer wurde, und sein kleines Auge und sein Herz sich erweiterte, that es auch das ihre mit; sie begann die Haide um sich zu sehen, und ihr Geist fing an, die Oede rings um sich zu bearbeiten. Sie nahm Männerkleider, stieg wieder, wie einst in ihrer Jugend, zu Pferde, und erschien unter ihrem Gesinde. Wie der Knabe

sich nur auf einem Pferde halten konnte, war er überall mit, und die thätige, schaffende, heischende Seele seiner Mutter floß allgemach in ihn. Diese Seele griff immer weiter um sich, der Himmel des Erschaffens senkte sich in sie; grüne Hügel schwellten sich, Quellen rannen, Reben flüsterten, und in das öde Steinfeld war ein kraftvoll weiterschreitend Heldenlied gedichtet. Und die Dichtung trug, wie sie thut, auch ihren Segen. Manche ahmten nach, es erhob sich der Verein, Entferntere wurden begeistert, und hie und da auf der öden blinden Haide schlug sich ein menschlich freies Walten, wie ein schönes Auge auf.

Nach fünfzehn Jahren, während welchen Brigitta auf Marosheli hauste, kam der Major, indem er seinen Landsitz Uwar, wo er sonst nie gewesen war, bezog. Von diesem Weibe lernte er, wie er mir selber sagte, Thätigkeit und Wirken – und zu diesem Weibe faßte er jene tiefe und verspätete Neigung, von der wir oben erzählt haben.

Nachdem nun, wie am Eingange des Abschnittes erwähnt wurde, dieser Theil aus Brigitta's früherem Leben erzählt ist, gehen wir wieder in der Entwicklung der Zustände weiter, wo wir sie gelassen.

4.
Steppengegenwart.

Wir ritten nach Marosheli. Brigitta ist wirklich jenes reitende Weib gewesen, das mir die Pferde mitgegeben hatte. Sie erinnerte sich mit freundlichem Lächeln an unsere alte Bekanntschaft. Meine Wangen wurden roth, weil ich auf das Trinkgeld dachte. Es war niemand anderer zum Besuche da, als der Major und ich. Er stellte mich als einen Reisebekannten vor, mit dem er einmal viel zusammen gewesen sei, und von dem er sich schmeichle, daß er nun von einem Bekannten in einen Freund über zu gehen im Begriffe sei. Ich erlebte die Freude – und es war mir wirklich keine unbedeutende – daß sie fast alle Dinge wußte, die sich auf mein früheres Zusammensein mit ihm bezogen, daß er ihr also viel von mir erzählt haben mußte, daß er noch mit Vorliebe bei jenen Tagen verweile, und daß sie es der Mühe werth hielt, sich diese Sachen zu merken.

Sie sagte, sie wolle mich nicht in ihrem Schlosse und in ihren Feldern herum führen, ich werde das gelegentlich sehen, wenn wir spazieren gehen, und wenn ich oft genug von Uwar werde herüber gekommen sein, wozu sie mich höflich einlade.

Dem Major machte sie einen Vorwurf, warum er denn so lange nicht herüber gekommen sei. Er entschuldigte sich mit den vielen Geschäften, und hauptsächlich damit, daß er ohne mich nicht herüber reiten wollte, und daß er doch vorher erst sehen wollte, wie sehr oder wie wenig ich zu seiner Freundin passe.

Wir gingen in einen großen Saal, in dem wir ein wenig ausruhten. Der Major zog eine Schreibtafel hervor und fragte sie um mehrere

Dinge, die sie klar und einfach beantwortete, und von denen er sich manche aufzeichnete. Auch sie fragte dann um Verschiedenes, was sich auf manchen Nachbar, auf die Geschäfte des Augenblickes, oder auf den künftigen Landtag bezog. Ich sah bei dieser Gelegenheit, mit welch tiefem Ernste sie die Dinge behandelten, und welche Aufmerksamkeit der Major auf ihre Meinungen legte. Wo sie in etwas unsicher war, gestand sie ihre Unwissenheit und bat den Major um Berichtigung.

Als wir ausgeruht hatten, und der Major die Schreibtafel einsteckte, standen wir auf, um in den Besitzungen einen Spaziergang zu machen. Hier redete man häufig von den Veränderungen, die erst jüngst in ihrem Hause entstanden waren. Wenn sie hiebei auf Dinge seines Hauses kam, war es mir, als läge eine Art Zärtlichkeit darinnen, wie sie sich um dieselben bekümmerte. Sie zeigte ihm den neuen hölzernen Säulengang am Gartengeschoße des Hauses, und fragte, ob sie Reben hinan ziehen solle; an seinen Hoffenstern, meinte sie, ließe sich auch so ein Ding anbringen, wo es sich in der Spätherbstsonne recht angenehm sitze. Sie führte uns in den Park, der vor zehn Jahren ein wüster Eichenwald gewesen war; jetzt gingen Wege durch, flossen eingehegte Quellen, und wandelten Rehe. Sie hatte durch unsägliche Ausdauer um den ungeheuren Umfang desselben eine hohe Mauer gegen die Wölfe aufführen lassen. Das Geld hiezu zog sie langsam aus ihrem Viehstande, und aus den Maisfeldern, deren Pflege sie sehr empor gebracht hatte. Als die Einhegung fertig war, ging man in einem geschlossenen Jagen Schritt für Schritt durch jede Stelle des Parkes, um zu sehen, ob man nicht etwa einen Wolf zu künftiger Brut mit eingemauert habe. Aber es war keiner zugegen. Dann erst wurden Rehe in die Einhegung gesetzt, und für Anderes Vorkehrungen gemacht. Die Rehe, schien es, wußten das alles und dankten ihr dafür; denn, wenn wir manches bei unserem Gange sahen, war es nicht scheu und blickte mit den dunkeln, glänzenden Augen gegen uns herüber. Brigitta führte ihre Gäste und Freunde recht gerne durch den Park, weil sie ihn liebte. Wir kamen oben auch zur Anlage der Fasanen. Wie wir so durch die Wege gingen, und weiße Wolken durch die Eichenwipfel herein schauten, gewann ich Gelegenheit, Brigitta zu betrachten. Ihre Augen, schien es mir, waren noch schwärzer und glänzender, als die der Rehe, und mochten heute besonders hell

strahlen, weil der Mann an ihrer Seite ging, der ihr Wirken und Schaffen zu würdigen verstand. Ihre Zähne waren schneeweiß, und der für ihre Jahre noch geschmeidige Wuchs zeigte von unverwüstlicher Kraft. Da sie den Major erwartet hatte, war sie in Frauenkleidern und hatte ihre Geschäfte bei Seite gesetzt, weil sie den Tag für uns widmete.

Unter Gesprächen der verschiedensten Art, von der Zukunft des Landes, von Hebung und Verbesserung des gemeinen Mannes, von Bearbeitung und Benützung des Bodens, von Ordnung und Einschränkung des Donaustromes, von ausgezeichneten Persönlichkeiten der Vaterlandsfreunde, kamen wir durch den größten Theil des Parkes, da sie uns, wie ich schon oben sagte, nicht durch ihre Besitzungen herum führen, sondern uns nur Gesellschaft leisten wollte. Da wir zu dem Hause zurückkehrten, war es Essenszeit. Zum Mahle kam auch Gustav, der Sohn Brigitta's, mit ziemlich verbrannten Wangen, ein lieblich schlanker Jüngling, eine Blume von Gesundheit. Er hatte heute an der Stelle der Mutter die Felder besucht, und die Arbeiten eingetheilt, und berichtete ihr jetzt manches mit kurzen Worten. Bei Tische saß er horchend und bescheiden unten an; in seinen schönen Augen lag Begeisterung für die Zukunft und unendliche Güte für die Gegenwart. Da auch, wie bei dem Major, das Gesinde mit an dem Tische saß, so bemerkte ich meinen Freund Milosch, der mich zum Zeichen alter Bekanntschaft grüßte.

Der größte Theil des Nachmittages verging mit Besichtigung mehrerer Veränderungen, die dem Major neu waren, mit einer Stunde im Garten, und mit einem Gange durch den Weinberg.

Gegen Abend nahmen wir Abschied. Da wir unsere Kleider zusammen suchten, machte Brigitta dem Major einen Vorwurf, daß er neulich in der Nachtluft von Gömör weg in leichten Kleidern nach Hause geritten sei – ob er denn nicht wisse, wie tükisch die Thauluft dieser Ebene sei, daß er sich so aussetze?! Er vertheidigte sich nicht, und sagte, er werde in Zukunft schon vorsichtiger sein. Ich aber wußte recht gut, daß er damals seine Bunda Gustav aufgenöthigt hatte, der ohne eine gekommen war, und dem er vorgelogen hatte, daß er noch eine andere im Stalle liegen habe. Dieses Mal aber schieden wir mit allem hinlänglich versorgt und verwahrt. Brigitta selbst bekümmerte sich um jedes, und ging erst in das Haus zurück,

als wir schon in unsern dichten Oberkleidern zu Pferde saßen, und der Mond aufging. Sie hatte dem Major noch ein paar Aufträge gegeben, und beurlaubte sich dann mit einfacher edler Freundlichkeit.

Die Gespräche der zwei Menschen waren den ganzen Tag über ruhig und heiter gewesen, aber mir schien es, als zitterte eine heimliche Innigkeit durch, der sich beide schämten Raum zu geben, wahrscheinlich, weil sie sich für zu alt hielten. Auf dem Rückwege aber sagte der Major zu mir, als ich mich einiger wahrhafter aufrichtiger Lobesworte auf diese Frau nicht enthalten konnte: »Freund! ich bin oft in meinem Leben heiß begehrt worden, ob auch so geliebt, weiß ich nicht; aber die Gesellschaft und die Achtung dieser Frau ist mir ein größeres Glück auf dieser Welt geworden, als jedes andere in meinem Leben, das ich für eines gehalten habe.«

Er hatte diese Worte ohne alle Leidenschaft gesagt, aber mit einer solchen Ruhe der Gewißheit, daß ich in meinem Herzen von der Wahrheit derselben vollständig überzeugt war. Mir geschah es in diesem Augenblicke beinahe, was sonst nicht meine Art ist, daß ich den Major um diese Freundschaft und um sein häusliches Wirken beneidete; denn ich hatte damals recht auf der ganzen Welt nichts Festes, um mich daran zu halten, als etwa meinen Wanderstab, den ich wohl in Bewegung setzte, dieses und jenes Land zu sehen, der aber doch nicht recht nachhalten wollte.

Als wir nach Hause kamen, trug mir der Major an, daß ich noch den Sommer und Winter bei ihm zubringen möchte. Er hatte begonnen, mich mit größerer Vertraulichkeit zu behandeln, und mich tiefer in sein Leben und sein Herz blicken zu lassen, daß ich eine große Liebe und Neigung zu dem Manne faßte. Ich sagte also zu. Und da ich dieses nun einmal gethan hätte, sagte er, so wolle er mir auch sogleich einen Geschäftszweig seines Hauses auftragen, den ich ständig besorgen sollte – es würde mich nicht reuen, sagte er, und würde mir gewiß in der Zukunft von Nutzen sein. Ich willigte ebenfalls ein, und in der That, es war mir von Nutzen. Daß ich nun einen Hausstand habe, daß ich eine liebe Gattin habe, für die ich wirke, daß ich nun Gut um Gut, That um That in unsern Kreis herein ziehe, verdanke ich dem Major. Als ich einmal ein Theil jenes einträchtigen Wirkens war, das er entfaltete, wollte ich doch die Sache so gut machen, als ich konnte, und da ich mich übte, machte ich sie immer besser, ich war nütze und achtete mich – und da ich die Süßigkeit des Schaffens kennen lernte, erkannte ich auch, um wie viel mehr werth sei, was ein gegenwärtig Gutes setzt, als das

bisherige Hinschlendern, das ich Erfahrungen sammeln nannte, und ich gewöhnte mich an Thätigkeit.

So ging die Zeit nach und nach hin, und ich war unendlich gerne in Uwar und seiner Umgebung.

Ich kam in diesen Verhältnissen öfter nach Marosheli. Man achtete mich, und ich war fast wie ein Glied der Familien, und lernte die Sachlage immer besser kennen. Von einer unheimlichen Leidenschaft, von einem fieberhaften Begehren, oder gar von Magnetismus, wie ich gehört hatte, war keine Spur. Dagegen war das Verhältniß zwischen dem Major und Brigitta von ganz merkwürdiger Art, daß ich nie ein ähnliches erlebt habe. Es war ohne Widerrede das, was wir zwischen Personen verschiedenen Geschlechtes Liebe nennen würden, aber es erschien nicht als solches. Mit einer Zartheit, mit einer Verehrung, die wie an die Hinneigung zu einem höheren Wesen erinnerte, behandelte der Major das alternde Weib; sie war mit sichtlicher innerlicher Freude darüber erfüllt, und diese Freude, wie eine späte Blume, blühte auf ihrem Antlitze, und legte einen Hauch von Schönheit darüber, wie man es kaum glauben sollte, aber auch die feste Rose der Heiterkeit und Gesundheit. Sie gab dem Freunde dieselbe Achtung und Verehrung zurück, nur daß sich zuweilen ein Zug von Besorgniß um seine Gesundheit, um seine kleinen Lebensbedürfnisse und dergleichen einmischte, der doch wieder dem Weibe und der Liebe angehörte. Ueber dieses hinaus ging das Benehmen beider nicht um ein Haar – und so lebten sie neben einander fort.

Der Major sagte einmal zu mir, daß sie in einer Stunde, wo sie, wie es selten zwischen Menschen geschieht, mit einander inniger über sich selber sprachen, festgesetzt haben, daß Freundschaft der schönsten Art, daß Aufrichtigkeit, daß gleiches Streben und Mittheilung zwischen ihnen herrschen sollte, aber weiter nichts; an diesem sittlich festen Altare wollen sie stehen bleiben, vielleicht glücklich bis zum Lebensende – sie wollen keine Frage weiter an das Schicksal thun, daß es keinen Stachel habe, und nicht wieder tükisch sein möge. Dies sei nun schon mehrere Jahre so, und werde so bleiben.

Das hatte der Major zu mir gesagt – allein in einiger Zeit darauf that das ungefragte Schicksal von selber eine Antwort, die alles schnell und auf unerwartete Art lösete.

Es war schon sehr spät im Herbste, man könnte sagen, zu Anfang Winters, ein dichter Nebel lag eines Tages auf der bereits fest gefrornen Haide, und ich ritt eben mit dem Major auf jenem neugebauten Wege mit der jungen Pappelallee, wir hatten vor, vielleicht ein wenig zu jagen, – als wir plötzlich durch den Nebel herüber zwei dumpfe Schüsse fallen hörten.

»Das sind meine Pistolen, und keine andern,« rief der Major.

Ehe ich etwas begreifen und fragen konnte, sprengte er schon die Allee entlang, so furchtbar, wie ich nie ein Pferd habe laufen gesehen, ich folgte ihm nach, weil ich ein Unglück ahnete, und als ich wieder zu ihm kam, traf ich auf ein Schauspiel, so gräßlich und so herrlich, daß noch jetzt meine Seele schaudert und jauchzt: an der Stelle, wo der Galgen steht, und der Binsenbach schillert, hatte der Major den Knaben Gustav gefunden, der sich nur noch matt gegen ein Rudel Wölfe wehrte. Zwei hatte er erschossen, einen, der vorne an sein Pferd gesprungen war, wehrte er mit seinem Eisen, die andern bannte er für den Augenblick mit der Wuth seiner vor Angst und Wildheit leuchtenden Augen, die er auf sie bohrte; aber harrend und lechzend umstanden sie ihn, daß eine Wendung, ein Augenzucken, ein Nichts Grund werden könne, mit eins auf ihn zu fallen – da, im Augenblicke der höchsten Noth, erschien der Major. Als ich ankam, war er schon wie ein verderblich Wunder, wie ein Meteor, mitten unter ihnen – der Mann war fast entsetzlich anzuschauen, ohne Rücksicht auf sich, fast selber wie ein Raubthier warf er sich ihnen entgegen. Wie er von dem Pferde gekommen war, hatte ich nicht gesehen, da ich später ankam; den Knall seiner Doppelpistolen hatte ich gehört, und wie ich auf dem Schauplatze erschien, glänzte sein Hirschfänger gegen die Wölfe, und er war zu Fuß. Drei – vier Sekunden mochte es gedauert haben, ich hatte blos Zeit, mein Jagdgewehr unter sie abzudrücken, und die unheimlichen Thiere waren in den Nebel zerstoben, als wären sie von ihm eingetrunken worden.

»Ladet,« schrie der Major, »sie werden gleich wieder hier sein.«

Er hatte die weggeschleuderten Pistolen aufgerafft, und stieß die Patronen hinein. Wir luden auch, und in dem Augenblicke, da wir ein wenig still waren, vernahmen wir den unheimlichen Trab um die Galgeneiche herum. Es war klar, die hungrigen geängsteten

Thiere umkreisten uns, bis ihnen wieder etwa der Muth zum Angriffe gewachsen sein würde. Eigentlich sind diese Thiere, wenn sie nicht von dem Hunger gespornt werden, feig. Wir waren zu einer Wolfsjagd nicht gerüstet, der unselige Nebel lag dicht vor unsern Augen, daher schlugen wir den Weg zu dem Schlosse ein. Die Pferde schossen in Todesangst dahin, und da wir so ritten, sah ich es mehr als ein Mal wie einen jagenden Schatten neben mir, grau im grauen Nebel. In unsäglicher Geduld eilte die Heerde neben uns. Wir mußten in steter Bereitschaft sein. Von dem Major fiel einmal links ein Schuß, aber wir erkannten nichts, zum Reden war keine Zeit, und so langten wir an dem Parkgitter an, und wie wir hinein drangen, brachen die edlen, schönen, dahinter harrenden Doggen neben uns heraus, und in demselben Augenblicke scholl auch schon aus dem Nebel ihr wüthendes Heulen, hinter den Wölfen haidewärts schweifend.

»Sitzt alle auf,« rief der Major den entgegen eilenden Knechten zu, »laßt alle Wolfshunde los, daß meine armen Doggen nichts leiden. Biethet die Nachbarn auf, und jagt, so viel Tage ihr wollt. Ich gebe für jeden todten Wolf das doppelte Schußgeld, die ausgenommen, die an der Galgeneiche liegen; denn die haben wir selbst getödtet. An der Eiche liegt vielleicht auch eine der Pistolen, die ich voriges Jahr an Gustav geschenkt habe, denn ich sehe nur eine in seiner Hand, und das Sattelfach der andern ist leer; seht zu, ob es so ist.«

»Seit fünf Jahren,« sagte er zu mir gewendet, da wir im Parke weiter ritten, »hat sich kein Wolf so nahe zu uns gewagt, und es war sonst ganz sicher hier. Es muß einen harten Winter geben, und er muß in den nördlichen Ländern schon begonnen haben, daß sie sich bereits so weit herab drücken.«

Die Knechte hatten den Befehl des Herrn vernommen und in weniger Zeit, als es mir glaublich schien, war ein Haufen Jäger ausgerüstet, und das Geschlecht jener schönen zottigen Hunde war neben ihnen, das den ungarischen Haiden eigen und für sie so unentbehrlich ist. Man beredete sich wie man die Nachbarn abholen wolle, und dann gingen sie fort, um eine Jagd einzuleiten, von der sie erst in acht, vierzehn, oder noch mehreren Tagen zurückkehren würden.

Wir hatten alle drei, ohne von den Pferden zu steigen, dem größten Theil dieser Anstalten zugeschaut. Als wir uns aber von den Wirthschaftsgebäuden dem Schlosse zuwendeten, sahen wir, daß Gustav doch verwundet sei. Als wir nemlich unter dem Thorbogen anlangten, von wo wir in unsere Zimmer wollten, wandelte ihn eine Uebelkeit an, und er drohte von dem Pferde zu sinken. Einer von den Leuten fing ihn auf und hob ihn herunter, da sahen wir, daß die Lenden des Thieres von Blut gefärbt waren. Wir brachten ihn in eine Wohnung des Erdgeschoßes, die gegen den Garten hinaus ging, der Major befahl sogleich Feuer in den Kamin zu machen, und das Bett zu bereiten. Als indessen die schmerzende Stelle entblößt worden war, untersuchte er selber die Wunde. Es war ein leichter Biß im Schenkel, ohne Gefahr, nur der Blutverlust und die vorhergegangene Aufregung ließ jetzt den Jüngling mit Ohnmachten kämpfen. Er ward in das Bett gebracht, und sofort ein Bote an den Arzt und einer an Brigitta abgefertigt. Der Major blieb bei dem Bette

und sorgte, daß keine der Ohnmachten überhand nehmen könne. Als der Arzt kam, gab er ein stärkendes Mittel, erklärte die Sache für durchaus ungefährlich, und sagte, daß der Blutverlust selber ein Heilmittel gewesen sei, da er die Heftigkeit der Entzündung mindere, die sonst solchen Bißwunden gerne folge. Das einzige Krankheitsübel sei die Gewalt der Gemüthsbewegung, und ein paar Tage Ruhe werde das Fieber und die Abspannung gänzlich heben. Man war beruhigt und erfreut, und der Arzt schied unter den Danksagungen aller; denn es war keiner, der den Knaben nicht liebte. Gegen Abend erschien Brigitta, und nach ihrer entschlossenen Art ruhte sie nicht eher, als bis sie den Körper ihres Sohnes Glied um Glied geprüft und sich überzeugt hatte, daß außer der Bißwunde nichts vorhanden sei, das ein Uebel drohen könnte. Als die Untersuchung vorüber war, blieb sie doch noch an dem Bette sitzen, und reichte nach der Vorschrift des Arztes die Arznei. Für die Nacht mußte ihr ein schnell zusammengerafftes Bette im Krankenzimmer gemacht werden. Am andern Morgen saß sie wieder neben dem Jünglinge, und horchte auf seinen Athem, da er schlief und so süß und erquickend schlief, als wolle er nie mehr erwachen. – Da geschah ein herzerschütternder Auftritt. Ich sehe den Tag noch vor Augen. Ich war hinab gegangen, um mich nach dem Befinden Gustavs zu erkundigen, und trat in das Zimmer, das neben dem Krankengemache befindlich war, ein. Ich habe schon gesagt, daß die Fenster gegen den Garten hinaus gingen: die Nebel hatten sich gehoben, und eine rothe Wintersonne schaute durch die entlaubten Zweige in das Zimmer herein. Der Major war schon zugegen, er stand an dem Fenster, das Angesicht gegen das Glas gekehrt, als sähe er hinaus. Im Krankengemache, durch dessen Thür ich hinein schaute, und dessen Fenster durch ganz leichte Vorhänge etwas verdunkelt war, saß Brigitta und sah auf ihren Sohn. Plötzlich entrang sich ihren Lippen ein freudiger Seufzer, ich blickte genauer hin, und sah, daß ihr Auge mit Süßigkeit an dem Antlitze des Knaben hänge, der die seinigen offen hatte; denn er war nach langem Schlafe aufgewacht, und schaute heiter um sich. Aber auch auf der Stelle, wo der Major gestanden war, hatte ich ein leichtes Geräusch vernommen, und wie ich hinblickte, sah ich, daß er sich halb umgewendet hatte, und daß an seinen Wimpern zwei harte Tropfen hingen. Ich ging gegen ihn, und fragte ihn, was ihm sei. Er antwortete leise: »Ich habe kein Kind.«

Brigitta mußte mit ihrem scharfen Gehöre die Worte vernommen haben; denn sie erschien in diesem Augenblicke unter der Thür des Zimmers, sah sehr scheu auf meinen Freund, und mit einem Blicke, den ich nicht beschreiben kann, und der sich gleichsam in der zaghaftesten Angst nicht getraute, eine Bitte auszusprechen, sagte sie nichts, als das einzige Wort: »Stephan.«

Der Major wendete sich vollends herum – beide starrten sich eine Sekunde an – nur eine Sekunde – dann aber vorwärts tretend lag er eines Sturzes in ihren Armen, die sich mit maßloser Heftigkeit um ihn schlossen. Ich hörte nichts, als das tiefe leise Schluchzen des Mannes, wobei das Weib ihn immer fester umschlang, und immer fester an sich drückte.

»Nun keine Trennung mehr, Brigitta, für hier und die Ewigkeit.«

»Keine, mein theurer Freund!«

Ich war in höchster Verlegenheit und wollte stille hinaus gehen; aber sie hob ihr Haupt und sagte: »Bleiben Sie, bleiben Sie.«

Das Weib, das ich immer ernst und strenge gesehen hatte, hatte an seinem Halse geweint. Nun hob sie, noch in Thränen schimmernd, die Augen – und so herrlich ist das Schönste, was der arme, fehlende Mensch hienieden vermag, das Verzeihen – daß mir ihre Züge wie in unnachahmlicher Schönheit strahlten und mein Gemüth in tiefer Rührung schwamm.

»Arme, arme Gattin,« sagte er beklommen, »fünfzehn Jahre mußte ich dich entbehren und fünfzehn Jahre warst du geopfert.«

Sie aber faltete die Hände, und sagte bittend in sein Antlitz blickend: »Ich habe gefehlt, verzeihe mir, Stephan, die Sünde des Stolzes – ich habe nicht geahnt, wie gut du seist – es war ja blos natürlich, es ist ein sanftes Gesetz der Schönheit, das uns ziehet.« – –

Er hielt ihr den Mund zu, und sagte: »Wie kannst du nur so reden, Brigitta – ja, es zieht uns das Gesetz der Schönheit, aber ich mußte die ganze Welt durchziehen, bis ich lernte, daß sie im Herzen liegt, und daß ich sie daheim gelassen in einem Herzen, das es einzig gut mit mir gemeint hat, das fest und treu ist, das ich verloren glaubte, und das doch durch alle Jahre und Länder mit mir gezo-

gen. – O Brigitta, Mutter meines Kindes! du standest Tag und Nacht vor meinen Augen.«

»Ich war dir nicht verloren,« antwortete sie, »ich habe traurige, reuevolle Jahre verlebt! – Wie bist du gut geworden, jetzt kenne ich dich, wie bist du gut geworden, Stephan!«

Und wieder stürzten sie sich in die Arme, als könnten sie sich nicht ersättigen, als könnten sie an das gewonnene Glück nicht glauben. Sie waren wie zwei Menschen, von denen eine große Last genommen ist. Die Welt stand wieder offen. Eine Freude, wie man sie nur an Kindern findet, war an ihnen – in dem Augenblicke waren sie auch unschuldig, wie die Kinder; denn die reinigendste, die allerschönste Blume der Liebe, aber nur der höchsten Liebe, ist das Verzeihen, darum wird es auch immer an Gott gefunden und an Müttern. Schöne Herzen thun es öfter – schlechte nie.

Die zwei Gatten hatten mich wieder vergessen und wandten sich in das Krankenzimmer, wo Gustav, der das Ganze dunkel ahnte, wie eine glühende, blühende Rose lag, und ihnen athemlos entgegen harrte.

»Gustav, Gustav, er ist dein Vater, und du hast es nicht gewußt,« rief Brigitta, als sie über die Schwelle in das verdunkelte Zimmer traten.

Ich aber ging in den Garten hinaus, und dachte: »O wie heilig, o wie heilig, muß die Gattenliebe sein, und wie arm bist du, der du von ihr bisher nichts erkanntest, und das Herz nur höchstens von der trüben Lohe der Leidenschaft ergreifen ließest.« – –

Erst spät ging ich in das Schloß zurück, und fand alles gelöset und gelüftet. Geschäftige Freude, wie heiterer Sonnenschein, wehte durch alle Zimmer. Man empfing mich mit offenen Armen als Zeugen des schönsten Auftrittes. Man hatte mich schon allenthalben suchen lassen, da ich ihnen, als sie zu sehr mit sich beschäftigt waren, aus den Augen gekommen war. Sie erzählten mir theils gleich in abgebrochenen Sätzen, theils die folgenden Tage im Zusammenhange alles, was sich zugetragen hatte, und was ich oben angemerkt habe.

Mein Reisefreund war also Stephan Murai gewesen. Er war unter dem Namen Bathori, der einem seiner weiblichen Vorfahren gehörte, gereiset. So hatte ich ihn auch gekannt, aber er ließ sich immer Major nennen, welchen Rang er in Spanien erworben hatte, und alle

Welt nannte ihn auch den Major. Da er in der ganzen Welt gewesen war, ging er, von seinem Innern gezogen, unter demselben Namen nach dem wüsten Sitze Uwar, wo er nie gewesen war, wo ihn niemand kannte, und wo er, wie er recht gut wußte, der Nachbar seines getrennten Weibes werden würde. Gleichwohl kam er nicht zu ihr hinüber, die schon so schön auf Marosheli waltete, bis der Ruf die Kunde ihrer Todeskrankheit zu ihm trug. Da machte er sich auf, ritt hinüber, trat zu ihr, die ihn vor Fieber nicht kannte, blieb Tag und Nacht bei ihrem Bette, wachte über sie, und pflegte sie, bis sie genas. Damals durch den gegenseitigen Anblick gerührt, und von leiser Liebe getrieben, aber dennoch ängstlich vor der Zukunft, weil sie sich nicht kannten, und weil sich wieder etwas Fürchterliches zutragen könnte, schlossen sie jenen seltsamen Vertrag der bloßen Freundschaft, den sie Jahre lang hielten, und den bisher keines zuerst anzurühren wagte, bis ihn das Geschick durch einen scharfen Schnitt, den es in beider Herzen that, trennte, und zu dem schöneren natürlicheren Bunde wieder zusammen fügte.

Alles war nun gut.

Nach vierzehn Tagen wurde es in der Gegend kund gethan, und die lästigen Glückwünscher kamen von nahe und von ferne.

Ich aber blieb noch den ganzen Winter bei den Leuten und zwar auf Marosheli, wo vorläufig alles wohnte, und von wo der Major im Sinne hatte, Brigitta nie fort zu ziehen, weil sie da in Mitte ihrer Schöpfung sei. Am freudigsten war schier Gustav, der immer so an dem Major gehangen war, der ihn immer leidenschaftlich und einseitig den herrlichsten Mann dieser Erde nannte, und der ihn nun als Vater verehren durfte, ihn, an dem sein Auge, wie an einer Gottheit hing.

Ich habe jenes Winters zwei Herzen kennen gelernt, die sich nun erst recht zu einer vollen, wenn auch verspäteten Blume des Glückes aufschlossen.

Ich werde diese Herzen nie, nie vergessen! – –

Im Frühjahre nahm ich wieder mein deutsches Gewand, meinen deutschen Stab, und wanderte dem deutschen Vaterlande zu. Ich sah auf dem Rückwege Gabrielens Grabmal, die schon vor zwölf

Jahren im Gipfel ihrer jugendlichen Schönheit gestorben war. Auf dem Marmor standen zwei große weiße Lilien.

Mit trüben, sanften Gedanken zog ich weiter, bis die Leitha überschritten war, und die lieblichen blauen Berge des Vaterlandes vor meinen Augen dämmerten.

Über tredition

Eigenes Buch veröffentlichen

tredition wurde 2006 in Hamburg gegründet und hat seither mehrere tausend Buchtitel veröffentlicht. Autoren veröffentlichen in wenigen leichten Schritten gedruckte Bücher, e-Books und audio-Books. tredition hat das Ziel, die beste und fairste Veröffentlichungsmöglichkeit für Autoren zu bieten.

tredition wurde mit der Erkenntnis gegründet, dass nur etwa jedes 200. bei Verlagen eingereichte Manuskript veröffentlicht wird. Dabei hat jedes Buch seinen Markt, also seine Leser. tredition sorgt dafür, dass für jedes Buch die Leserschaft auch erreicht wird.

Im einzigartigen Literatur-Netzwerk von tredition bieten zahlreiche Literatur-Partner (das sind Lektoren, Übersetzer, Hörbuchsprecher und Illustratoren) ihre Dienstleistung an, um Manuskripte zu verbessern oder die Vielfalt zu erhöhen. Autoren vereinbaren direkt mit den Literatur-Partnern die Konditionen ihrer Zusammenarbeit und partizipieren gemeinsam am Erfolg des Buches.

Das gesamte Verlagsprogramm von tredition ist bei allen stationären Buchhandlungen und Online-Buchhändlern wie z. B. Amazon erhältlich. e-Books stehen bei den führenden Online-Portalen (z. B. iBookstore von Apple oder Kindle von Amazon) zum Verkauf.

Einfach leicht ein Buch veröffentlichen: **www.tredition.de**

Eigene Buchreihe oder eigenen Verlag gründen

Seit 2009 bietet tredition sein Verlagskonzept auch als sogenanntes "White-Label" an. Das bedeutet, dass andere Unternehmen, Institutionen und Personen risikofrei und unkompliziert selbst zum Herausgeber von Büchern und Buchreihen unter eigener Marke werden können. tredition übernimmt dabei das komplette Herstellungs- und Distributionsrisiko.

Zahlreiche Zeitschriften-, Zeitungs- und Buchverlage, Universitäten, Forschungseinrichtungen u.v.m. nutzen diese Dienstleistung von tredition, um unter eigener Marke ohne Risiko Bücher zu verlegen.

Alle Informationen im Internet: **www.tredition.de/fuer-verlage**

tredition wurde mit mehreren Innovationspreisen ausgezeichnet, u. a. mit dem Webfuture Award und dem Innovationspreis der Buch Digitale.

tredition ist Mitglied im Börsenverein des Deutschen Buchhandels.

Dieses Werk elektronisch lesen

Dieses Werk ist Teil der Gutenberg-DE Edition DVD. Diese enthält das komplette Archiv des Projekt Gutenberg-DE. Die DVD ist im Internet erhältlich auf **http://gutenbergshop.abc.de**

FSC
www.fsc.org
MIX
Papier | Fördert
gute Waldnutzung
FSC® C083411

Zeitfracht Medien GmbH
Ferdinand-Jühlke-Straße 7
99095 Erfurt, Deutschland
produktsicherheit@kolibri360.de